INTERRO SURPRISE

Tles Séries technologiques

PHILOSOPHIE

Christophe Gallique

Professeur de philosophie au lycée Joseph Vallot
Professeur en section européenne anglais/philosophie

ellipses

Retrouvez tous les titres de la collection

et des extraits sur www.editions-ellipses.fr

ISBN 9782340-026759

32, rue Bargue 75740 Paris cedex 15

www.editions-ellipses.fr

INTRODUCTION

Un cours de philosophie est spécial en ce sens que chaque professeur est libre d'organiser le programme comme il le veut.

Les fiches qui vous sont proposées sont donc un exemple parmi d'autres de cours possible. Mais elles sont construites sur une expérience longue de 23 ans. Ce qui m'a permis de repérer ce qui sert réellement aux élèves et ce qui leur est demandé au baccalauréat.

Ces fiches vont donc vous permettre de progresser tout au long de l'année et découvrir la philosophie. Bien entendu, avec le souhait que vous compreniez que la philosophie n'est pas qu'une matière en terminale : c'est aussi une hygiène pour votre esprit, forcé de réfléchir.

INTRODUCTION

QU'EST-CE QUE LA PHILOSOPHIE ET POURQUOI EN FAIRE EN SÉRIE TECHNOLOGIE ?

1

Origine du mot

Philosophie vient de 2 mots grecs : *PHILO* qui veut dire *ami* et *SOPHIE* qui signifie *sagesse*. Littéralement parlant, le philosophe est l'ami de la sagesse, celui qui désire être sage.

Sagesse suppose quelqu'un qui a beaucoup de connaissances et qui est capable de prendre les bonnes décisions au bon moment.

Petite subtilité : si le philosophe est *l'ami* de la sagesse, s'il *désire* être sage, c'est qu'il n'est pas un sage lui-même ; car à quoi bon désirer ce qu'on possède déjà !?

Le philosophe est donc celui qui désire être sage, en prenant conscience de son ignorance. C'est donc une attitude. En voilà les caractéristiques principales :

L'étonnement

L'étonnement est une attitude qui consiste à se poser sans cesse des questions. Le mot le plus important est donc ***pourquoi ?*** Tout comme les enfants, un philosophe s'étonne non pas uniquement de ce qui est extraordinaire, mais aussi des choses les plus ordinaires. Par exemple pourquoi l'argent ? Pourquoi Travailler ? Pourquoi se lever le matin ? Être philosophe, c'est garder cette capacité que les enfants ont de se poser des questions.

- Socrate (470/399 av. J.-C.), un des pères spirituels de la philosophie, expliquait que la sagesse débutait lorsqu'on prenait conscience de sa propre ignorance : « *Tout ce que je sais, c'est que je ne sais rien* » prétendait-il ! C'est l'illustration même de l'étonnement : On ne se pose des questions que lorsqu'on est capable de prendre conscience qu'on ne sait pas tout !
- Cette aptitude oppose philosophe et imbécile : un imbécile est celui qui ne se pose aucune question car il croit tout savoir.

La rationalité (contre la superstition)

La superstition est un mode d'explication de la réalité basé sur la reconnaissance de signes indiquant un ordre caché des choses (*Cf.* F n° 26). Les hommes sont naturellement superstitieux. La superstition se caractérise par son irrationalité et des sentiments de peur. La philosophie au contraire se caractérise par la rationalité de ses explications et la recherche de causes aux phénomènes. Les premiers philosophes étaient d'ailleurs des *Physiciens* qui voulaient comprendre la nature.

- On considère que le mathématicien **Thalès** (625/546 av. J.-C.) est le premier philosophe car il décida d'utiliser les mathématiques comme modèle rationnel pour expliquer le réel. Notamment il prédit une éclipse de la lune et expliqua que le principe fondateur de l'univers était l'eau. Même si ce n'était pas vrai (il pensait que la Terre flottait sur de l'eau !), il a permis un progrès fondamental car il fut le premier à refuser les explications divines pour comprendre comment le monde est organisé.

➡ Pourquoi faire de la philosophie en terminale (et pourquoi pas avant) ?

La philosophie intervient en dernière année de lycée. Elle a pour rôle d'obliger les élèves à s'interroger sur les connaissances et leurs idées. C'est pour cela qu'elle devrait concerner tous les élèves. De plus elle oblige les élèves à construire une dissertation avec des raisonnements cohérents.

La critique qui est faite contre la philosophie est que **la philosophie serait inutile**. Effectivement la philosophie n'a pas d'application directe dans la vie quotidienne : elle ne vous sert pas à prendre le bus ni même à gagner de l'argent. Mais vous pouvez vous interroger en retour sur deux points. D'abord faites-vous toujours et uniquement des choses *utiles* ? Regarder la TV ou des vidéos sur les réseaux sociaux par exemple ne sert à rien. Sauf à divertir. Pour autant, c'est le 2e point, ce qui est inutile n'est pas dénué de valeur : se divertir est nécessaire dans une vie fatigante. De même, réfléchir sur nos conditions de vie est aussi nécessaire.

TOP CHRONO
C'est l'interro !

EXERCICES ***45 min***

1. Les questions philosophiques sont spécifiques ; Pour comprendre ce qui les caractérise, prenez les couples de questions suivantes et expliquez ce qui fait leur différence : 5 pts/15 min.

COUPLES DE QUESTIONS	LEURS POINTS COMMUNS ET LEURS DIFFÉRENCES
A1 : Comment trouver un premier emploi ? A2 : Pourquoi le travail est nécessaire ?	
B1 : Est-ce que tout le monde veut voir la Joconde et la Tour Effel à Paris ? B2 : Pourquoi l'art est dans les musées ?	
C1 : Est-ce que c'est bien que Neymar vienne au PSG ? C2 : Le sport est-il une forme de religion moderne ?	
D1 : Quelles zones du cerveau fonctionnent lorsqu'on rit ? D2 : Est-ce que le cerveau produit de la pensée ?	
E1 : Est-ce qu'il y a un radar sur l'autoroute ? E2 : Faut-il préférer la sécurité à la liberté ?	

2. Parmi les questions suivantes, retrouvez celles qui vous semblent *philosophiques* et expliquez pourquoi : 4 pts/10 min.

a. La terre est-elle plate ?

Oui/non ? Raisons : ....

b. L'homme est-il bon naturellement ?

Oui/non ? Raisons : ....

c. *Game of Thrones* est-elle une bonne série ?

Oui/non ? Raisons : ....

d. Tout peut-il se vendre ?

Oui/non ? Raisons : ....

3. **Quelles sont les raisons de faire de la philosophie en terminale technologique ? Plusieurs réponses sont possibles. Dans ce cas numérotez-les (n° 1 = raison la plus importante)** 1 pt/5 min.

   a. Avoir une bonne note au bac

   b. S'interroger sur le monde grâce à l'héritage du passé

   c. Continuer ce qu'on faisait en français

   d. S'étonner de ce qui existe et répondre aux questions de manière rationnelle.

   e. Découvrir ce que pensaient les philosophes.

4. **Lisez cette citation de Jacques Brel et expliquez-en 50 mots pourquoi cela peut justifier la philosophie en terminale technologique :** 10 pts/15 min.

   « *La bêtise c'est de la paresse. La bêtise c'est un type qui vit et il se dit : ça me suffit. Je vis, je vais bien, ça me suffit. Et il ne se botte pas le cul tous les matins en disant : ce n'est pas assez, tu ne sais pas assez de choses, tu ne vois pas assez de choses, tu ne fais pas assez de choses. C'est de la paresse je crois la bêtise. Une espèce de graisse autour du cœur qui arrive ; une graisse autour du cerveau. Je crois que c'est ça.* »

   ....

   ....

   ....

   ....

   ....

Score .../20 pts

LA DISSERTATION DE PHILOSOPHIE

2

Description

Exercice redouté, surtout pour ceux qui ont du mal à rédiger, la dissertation est importante, au-delà du bac, pour une moins une raison : **cela va vous obliger à rendre clair ce que vous pensez**. Analyser une question, voir ce qui fait problème et tenter de résoudre ce problème vous sera utile toute votre vie, quelle que soit votre activité.

Il n'y a pas de méthode officielle pour faire une dissertation, mais les professeurs se sont mis d'accord sur un certain nombre d'étapes.

Trouver ce qui fait problème et trouver des arguments

Votre dissertation sera une question, portant sur un des thèmes de votre programme**. Le premier piège est de vouloir répondre par oui ou non**. Surtout pas ! Vous réussirez l'exercice si vous voyez *ce qui pose problème*. Pour cela il faut suivre ces étapes :

- Il faut d'abord **analyser les mots de la question** : par exemple si vous avez une question du type : *Peut-on être heureux ?* le « peut-on » a deux sens ; est-ce *légitime* ou est-ce *possible* ? de même le *bonheur* peut avoir plusieurs sens, entre le plaisir éphémère d'obtenir quelque chose ou la recherche d'une vie épanouie. (*Cf.* fiche 41).
- Il faut ensuite voir ce *qui pose problème*, c'est-à-dire les contradictions et les tensions qui empêchent de répondre directement par oui ou non (et c'est le but : ne jamais répondre directement). Ici c'est la contradiction entre le fait que tout le monde veut être heureux mais que tout le monde n'y arrive pas. Pourquoi ? Vous serez noté en fonction de votre capacité à formuler un problème.

Construire sa dissertation

La dissertation doit être **rédigée** comme un devoir en français, c'est-à-dire avec une introduction, 2 ou 3 parties et une conclusion. Il n'y a pas de règles fixes, mais il y a les repères suivants (voir fiches méthode n° 46 à 49 et 53) :

- **Votre introduction** doit comporter une *accroche* qui présente le *thème* et le *problème*. L'accroche doit être un exemple, issu de votre vie quotidienne, d'un film ou d'un livre. **Une définition des termes** très rapide, pour montrer tous les sens possibles. **Une analyse des enjeux** de la question et **votre plan.**

- **Votre plan** doit être en 2 ou 3 parties. 2 parties suffisent en séries technologiques. Ce qui est le plus important c'est qu'elles soient cohérentes entre elles (éviter le oui/non) et ce grâce à vos transitions. N'oubliez pas de faire tout au long de votre travail des liens explicites avec la question posée, pour éviter des hors-sujets.
- **Votre conclusion** doit être courte, récapituler nécessairement vos arguments et donner une réponse claire au problème que vous avez écrit dans l'introduction.

TOP CHRONO
C'est l'interro !

EXERCICES ***40 min***

1. Dans les phrases suivantes, analysez le sens des mots : 3 pts/15 min.

a. Les hommes veulent-ils toujours la vérité ?

b. La technique permet-elle le bonheur de l'humanité ?

c. La loi est-elle toujours juste ?

2. Retrouvez à l'aide des fiches-notions les problèmes liés aux questions suivantes, puis formulez les problèmes qui empêchent de répondre simplement par oui ou non : 6 pts/10 min.

a. Peut-on mentir par humanité ? (*Cf.* Fiche 22)

b. L'artiste doit-il ne faire que des œuvres belles ? (*Cf.* Fiches 12 & 14)

c. Sans expérience, que peut-on connaître ? (*Cf.* Fiche n° 29)

3. Rédigez en 10 lignes maximum une introduction en suivant les attendus énoncés à partir du sujet suivant : *Faut-il contraindre quelqu'un à être heureux ?* 6 pts/10 min.

....

4. Parmi les plans suivants, lequel vous paraît le meilleur ? Justifiez votre réponse. 5 pts/5min.

a. Oui il faut contraindre / Non il ne faut pas contraindre.

b. Le bonheur n'obéit pas à une méthode fixe / la contrainte n'est donc ni possible ni légitime.

c. Contraindre au bonheur suppose qu'on posséderait une méthode pour être heureux. / Contraindre, c'est rendre malheureux, donc ça ne peut pas être du bonheur.

Raison de votre choix en 1 phrase : ....

....

Score .../20 pts

L'EXPLICATION DE TEXTE

3

L'ambiguïté de l'énoncé

L'explication de texte est un exercice beaucoup plus guidé que la dissertation. Il s'agit d'un texte court accompagné de questions.

Mais l'intitulé qui l'accompagne demande que les questions ne soient qu'un ***travail au brouillon*** : « *Pour expliquer ce texte, vous répondrez aux questions suivantes, qui sont destinées principalement à guider votre rédaction. Elles ne sont pas indépendantes les unes des autres et demandent que le texte soit d'abord étudié dans son ensemble.* » Il faut ensuite rédiger au propre et vous aurez une note globale.

Cette fiche sera une présentation générale de l'explication de texte. Les conseils plus précis sur la méthode sont développés dans les fiches 50 à 52 et 54.

Un travail de lecture du texte

L'objectif principal est de montrer que vous savez *lire* un texte de philosophie. Les textes qu'on vous propose seront courts, mais souvent difficile d'accès. C'est pour cela qu'on vous pose des questions : cela vous permet de comprendre le texte.

- La première question porte toujours sur ***l'idée principale*** du texte. Attention il y a un piège, car on ne demande pas de trouver le *thème* (ce dont parle le texte) mais le *problème* (la question que s'est posée l'auteur) qui est parfois sous-entendu.
- La 2e question porte sur le détail du texte : entre 2 et 3 phrases qui, souvent, comportent des ***concepts*** importants. Il faut faire un travail de définition important.
- Une 3e question qui est une *discussion* où vous devez reprendre la thèse de l'auteur pour la confronter avec celle d'un autre philosophe.

Exemple de textes rencontrés

Texte n° 1 :

« *L'état de société s'est imposé comme une solution naturelle, en vue de dissiper la crainte et d'éliminer les circonstances malheureuses auxquelles tous étaient exposés. Son but principal ne diffère donc pas de celui que tout homme raisonnable devrait s'efforcer d'atteindre - quoique sans aucune chance de succès (...) - dans un état strictement naturel. D'où l'évidence de cette proposition : alors même qu'un homme raisonnable se verrait un jour, pour obéir à son pays, contraint d'accomplir une action certainement contraire aux exigences de la raison, cet inconvénient particulier*

serait compensé, et au-delà, par tout le bien dont le fait bénéficier en général l'état de société. L'une des lois de la raison prescrit que de deux maux nous choisissons le moindre ; il est donc permis de soutenir que jamais personne n'accomplit une action contraire à ce que lui dicte sa raison, en se conformant aux lois de son pays. »

SPINOZA

Texte n° 2 :

« *C'est seulement à partir du moment où la condition de la nature humaine est devenue hautement artificielle qu'on a conçu l'idée - ou, selon moi, qu'il a été possible de concevoir l'idée - que la bonté est naturelle : car ce n'est qu'après une longue pratique d'une éducation artificielle que les bons sentiments sont devenus si habituels, et ont si bien pris le dessus sur les mauvais, qu'ils se manifestent spontanément quand les circonstances le demandent. À l'époque ou l'humanité a été plus proche de son état naturel, les observateurs plus civilises d'alors voyaient l'homme « naturel » comme une sorte d'animal sauvage, se distinguant des autres animaux principalement par sa plus grande astuce : ils considéraient toute qualité estimable du caractère comme le résultat d'une sorte de dressage, expression par laquelle les anciens philosophes désignaient souvent la discipline qui convient aux êtres humains. La vérité est qu'on peine à trouver un seul trait d'excellence dans le caractère de l'homme qui ne soit en nette contradiction avec les sentiments spontanés de la nature humaine.* »

MILL

Les textes sont donc assez courts mais ardus à lire. Deux caractéristiques : ils portent sur un ***thème*** en lien avec une notion du programme, et il pose un ***problème philosophique original.*** Votre travail ne consiste pas uniquement à retrouver le thème – sinon vous ne ferez que de la ***paraphrase***. Il faut retrouver le problème – qui parfois est sous-entendu.

TOP CHRONO
C'est l'interro !

EXERCICES *40 min*

1. Retrouvez les thèmes des 2 textes : 5 pts/5 min.

Texte 1 : ....

Texte 2 : ....

2. Expliquez le problème spécifique du texte n° 2 et montrez que c'est différent des explications des fiches n° 1, 16 et 18. 5 pts/10 min.

....

....

3. Le problème du texte n° 1 est : 2 pts/5 min.

a. La loi est toujours injuste.

b. On n'imagine pas que quelqu'un puisse vouloir ne pas obéir aux lois.

c. La loi est faite pour les riches.

d. La loi est le résultat du hasard.

4. Donnez la définition du concept de « nature humaine » dans le texte de Mill 4 pts/5 min.

....

....

5. Rédigez un texte de 50 mots maximum, qui contredit le texte de Spinoza. 4 pts/15 min.

....

....

....

....

Score .../20 pts

LA COMPOSITION DE PHILOSOPHIE (UNIQUEMENT POUR LES SÉRIES STHR HÔTELLERIE)

4

Description

Cette nouvelle épreuve (inaugurée en juin 2018 !) a pour vocation de guider les élèves dans le travail de problématisation. Elle a la forme d'une question et est accompagnée de questions complémentaires guidant la rédaction. La consigne suivante est donnée : « *Pour rédiger votre composition, vous répondrez de manière explicite, précise et développée aux questions suivantes, qui sont destinées à guider votre rédaction.* »

Traduction : il faut répondre aux questions *au brouillon* et ensuite rédiger comme s'il s'agissait d'une dissertation classique ; si vous n'aviez pas le temps de rédiger, vous pouvez recopier les réponses telles quelles au propre.

Il s'agit d'un travail qui nécessite d'avoir des connaissances mais qui permet d'éviter le hors-sujet !

Nous allons travailler à partir des « annales zéro » fournies par le ministère de l'éducation nationale. Avec le sujet suivant :

A-t-on besoin des autres pour trouver la vérité ?

Les questions portant sur les définitions de concepts

L'objectif est de vous faire réfléchir sur le sens des termes du sujet. Ici il y aura le concept de *vérité* (*Cf.* F n° 20 et 32) mais aussi le concept de l'autre (idée d'une communauté, de partage des intelligences) :

- *1. S'il s'agit de « trouver la vérité », c'est qu'on la recherche. Quel sens donner, ici, à ce terme de « recherche » ? Quelles difficultés rencontre-t-on pour trouver la vérité ?*
- *2. Pourrait-on être seul pour mener à bien une telle entreprise ? Quels pourraient être les avantages, ou les inconvénients, de cette solitude ?*
- *3. Quels rapports avons-nous avec les autres, qui pourraient jouer un rôle dans la recherche de la vérité, et qui pourraient expliquer qu'on puisse avoir besoin d'eux ?*
- *4. En pensant à des exemples précis, décrivez deux situations bien distinctes illustrant la question posée par le sujet.*

Les questions portant sur *ce qui fait problème*

Tout comme pour la dissertation, il faut comprendre pourquoi *on ne peut pas répondre simplement par oui ou par non*. Ici l'accent est porté sur *l'objectivité* nécessaire de la *vérité*.

- *1. Quelle différence peut-on faire entre une « vérité subjective » et une « vérité objective » ?*
- *2. Lorsqu'on recherche la vérité, s'agit-il d'une entreprise subjective ou d'une entreprise qui vise l'objectivité ?*
- *3. Quelles formes la collaboration avec les autres, dans la recherche de la vérité, peut-elle prendre ?*
- *4. Collaborer avec les autres dans la recherche de la vérité est-il nécessaire pour aboutir à des vérités générales ? universelles ? Quelle différence feriez-vous entre ceux deux formes de vérité ?*

Les questions sur le plan à construire

Il ne faut pas faire un plan détaillé, mais donner toutes les pistes de travail qui auraient pu servir de plan :

Quelles sont les réponses possibles à la question : « A-t-on besoin des autres pour trouver la vérité ? » ? À l'aide d'exemples ou de références à vos lectures et à votre expérience, exposez en un paragraphe développé et argumenté chacune de ces réponses possibles.

La question qui doit servir de synthèse à vos recherches

Il faut que vous fassiez un petit texte qui reprenne et fasse la synthèse de ce que vous avez trouvé :

En tenant compte des éléments précédents et à l'aide de vos connaissances et de votre expérience, vous proposerez et justifierez, de manière précise et développée, la réponse qui vous paraît la plus pertinente à la question posée par le sujet, en considérant, notamment, ses conséquences (pratiques, sociales et même théoriques).

TOP CHRONO
C'est l'interro !

EXERCICES ***30 min***

1. **À l'aide des fiches concernées, trouver le sens du concept de vérité.**
3 pts/5 min.

....

....

2. **Retrouvez à l'aide des fiches 21, 23 et 25 les problèmes liés à la question de l'*objectivité* :**
5 pts/10 min.

....

3. **À partir de la Fiche n° 22, expliquez pourquoi les *autres* peuvent vous cacher la vérité.**
5 pts/10 min.

....

....

4. **Parmi les propositions suivantes, trouvez les axes qui pourraient être utiles pour un plan :**
2 pts/5 min.

a. Grâce à la discussion et aux débats, on progresse pour trouver la vérité.

b. Il faut que les autres me disent la vérité parce que c'est bien.

c. Les autres sont des concurrents : il ne faut rien partager avec eux.

d. Être objectif, c'est arriver aux mêmes résultats que les autres.

e. Il y a des vérités intimes qu'on ne peut pas expliquer aux autres.

f. La vérité est un obstacle au bonheur.

Score .../15 pts

POURQUOI LES *REPÈRES CONCEPTUELS* PEUVENT VOUS ÊTRE UTILES POUR RÉDIGER ?

5

Qu'est-ce que les distinctions conceptuelles ?

Après les notions et les auteurs, elles représentent la 3e partie du programme. Ce sont des couples de mots qui se distinguent ou qui s'opposent.
Leur utilité est de vous permettre de construire des arguments ; Ce sont donc des outils pour raisonner.

La liste des distinctions à connaître

Ces repères sont assez nombreux. Le tableau suivant répertorie les principaux qui vous permettent à coup sûr d'enrichir votre travail :

ABSOLU / RELATIF	ABSTRAIT / CONCRET
CAUSE / FIN	CONTINGENT / NÉCESSAIRE / POSSIBLE
EN FAIT / EN DROIT	EN THÉORIE / EN PRATIQUE
EXPLIQUER / COMPRENDRE	IDENTITÉ / ÉGALITÉ / DIFFÉRENCE
LÉGAL / LÉGITIME	OBJECTIF / SUBJECTIF
OBLIGATION / CONTRAINTE	PERSUADER / CONVAINCRE
PRINCIPE / CONSÉQUENCE	UNIVERSEL / GÉNÉRAL / PARTICULIER / SINGULIER

Comment l'utiliser ?

Les élèves se plaignent souvent qu'ils n'ont rien à écrire (n'ont pas d'arguments) et que de toute façon la note est arbitraire : cela dépendrait du correcteur. Avec l'utilisation des distinctions conceptuelles, vous pouvez pallier ces deux défauts : vous pouvez construire un raisonnement, et vous montrez au correcteur que vous avez des connaissances (ce qui est automatiquement valorisé).

- **1er exemple :** une distinction que vous connaissez depuis la classe de 1re : **persuader/convaincre ou expliquer/comprendre** (notamment en français). Maîtriser ces différences ne sert pas uniquement à avoir une bonne note, mais aussi à structurer votre parole lorsque vous voulez gagner un débat (y compris lorsqu'il

s'agit de défendre votre équipe de foot préférée !) : ***persuader*** utilise des sentiments alors que ***convaincre*** est plus rationnel. ***Expliquer*** nécessite d'exposer les raisons qui vous poussent à aimer cette équipe, alors que ***comprendre*** vous permet de mieux analyser pourquoi vous l'aimez. Vous voyez que si vous utilisez ces distinctions, votre travail sera plus riche.

- **2e exemple** : dans la fiche n° 2 vous avez l'exemple de sujet : « *la loi est-elle toujours juste ?* ». Si vous voulez comprendre ce qui pose problème et ne pas simplement répondre par oui/non, vous pouvez utiliser la distinction entre ***légal*** et ***légitime*** : la loi est par définition légale, puisque c'est elle qui définit la légalité, mais elle peut ne pas être légitime (par exemple les lois anti-juives pendant la 2nde guerre mondiale). Vous avez ainsi votre plan : I) ce qui est légal. / II) ce qui est légitime.
- **Il ne s'agit pas de donner une définition pour chaque repère** mais vous devez vous faire des fiches que vous devez apprendre par cœur pour le jour du bac.

TOP CHRONO
C'est l'interro !

EXERCICE **35 min.**

1. **À partir de la question suivante, cherchez quel repère conceptuel vous pourriez utiliser. Plusieurs réponses sont possibles. Il faut que vous justifiiez votre choix et que vous donniez la définition des repères.** 8 pts/15 min.

Faut-il imposer une culture universelle ?

Choix du repère : ....

Définition des termes : ....

....

....

2. **Reprenez les repères suivants et cherchez des exemples de sujets dans les annales qui leur correspondent.** 12 pts/20 min.

REPÈRES	DÉFINITION	EXEMPLE DE SUJETS
Contingent /nécessaire	a. .... b.	....
Objectif /subjectif	a. .... b.	....
Particulier /universel	a. .... b.	....

Score .../20 pts

COMMENT LIRE UN TEXTE DE PHILOSOPHIE ?

6

La lecture est à la fois le plus important et le plus difficile travail en philosophie

Souvent les élèves se demandent comment améliorer leur note en philosophie. La réponse est simple : lorsqu'ils font l'effort de lire les textes de philosophie, au moins dans leur manuel.

Mais pour lire et pouvoir réexploiter les textes il faut une méthode. C'est ce que nous allons voir dans cette fiche.

La méthode de Descartes

Voilà les conseils que donnait Descartes pour lire ses livres (dans *la lettre-préface aux Principes de Philosophie* en 1647) :

– *« J'aurais aussi ajouté un mot d'avis touchant la façon de lire ce livre, qui est que je voudrais qu'on le parcourût d'abord tout entier ainsi qu'un roman, sans forcer beaucoup son attention ni s'arrêter aux difficultés qu'on y peut rencontrer, afin seulement de savoir en gros quelles sont les matières dont j'ai traité ; et qu'après cela, si on trouve qu'elles méritent d'être examinées et qu'on ait la curiosité d'en connaître les causes, on le peut lire une seconde fois pour remarquer la suite de mes raisons ; mais qu'il ne se faut pas derechef rebuter si on ne la peut assez connaître partout, ou qu'on ne les entende pas toutes ; il faut seulement marquer d'un trait de plume les lieux où l'on trouvera de la difficulté et continuer de lire sans interruption jusqu'à la fin ; puis, si on reprend le livre pour la troisième fois, j'ose croire qu'on y trouvera la solution de la plupart des difficultés qu'on aura marquées auparavant, et que s'il en reste encore quelques-unes, on en trouvera enfin la solution en relisant »*

Ce que propose donc Descartes, c'est une méthode en **3 étapes** :

- D'abord lire le texte sans s'arrêter pour en saisir le sens global ;
- Puis une 2e lecture pour analyser et noter les grandes étapes du texte
- Et une 3e pour rentrer dans les détails.

Donc pour résumer : lorsque vous lisez, ayez toujours un cahier et un crayon à côté de vous !

Comment faire concrètement ?

Nous allons quitter Descartes et suivre une méthode plus moderne. Vous allez voir que cela ressemble beaucoup à ce que vous avez appris en français.

- **1re lecture :** Il faut que vous lisiez le texte pour dégager ***le thème***, c'est-à-dire de quoi parle le texte. Il faut le noter sur votre fiche, puis retrouver ***le problème philosophique***, c'est-à-dire la question philosophique qui a poussé l'auteur à écrire ce texte. Une fois que vous avez ces deux éléments, passez à l'étape 2
- **2e lecture** : Il faut faire l'effort de comprendre comment le texte est construit : quelles sont les différentes parties, les grandes articulations (pour cela voyez les mots de liaison : *mais, parce que, en revanche,* etc.). Il est important de comprendre la logique du texte en notant les différentes étapes. Si vous évoquez ce texte dans votre dissertation, être capable de restituer ces étapes sera très bien vu par le correcteur.
- **3e lecture :** Il s'agit de rentrer dans les détails des phrases. Les philosophes font souvent de longues phrases compliquées. Vous pouvez essayer de les simplifier. D'autre part il faut repérer quelle est l'idée principale du texte, mais aussi les idées secondaires. Il ne faut pas hésiter à voir que dans un texte il y a une hiérarchie des idées, toutes n'ayant pas la même importance.

TOP CHRONO
C'est l'interro !

EXERCICE **35 min.**

1. **Nous allons prendre un texte de Descartes (lettre à Elisabeth de 1645) et vous allez essayer de faire les trois étapes de lecture.**

Bien que chacun de nous soit une personne séparée des autres, et dont, par conséquent, les intérêts sont en quelque façon distincts de ceux du reste du monde, on doit toutefois penser qu'on ne saurait subsister seul, et qu'on est, en effet, l'une des parties de l'univers, et plus particulièrement encore l'une des parties de cette terre, l'une des parties de cet État, de cette société, de cette famille, à laquelle on est joint par sa demeure, par son serment, par sa naissance. Et il faut toujours préférer les intérêts du tout, dont on est parti, à ceux de sa personne en particulier ; toutefois avec mesure et discrétion, car on aurait tort de s'exposer à un grand mal, pour procurer seulement un petit bien à ses parents ou à son pays ; et si un homme vaut plus, lui seul, que tout le reste de la ville, il n'aurait pas raison de se vouloir perdre pour la sauver. Mais si on rapportait tout à soi-même, on ne craindrait pas de nuire beaucoup aux autres hommes, lorsqu'on croirait en retirer quelque petite commodité, et on n'aurait aucune vraie amitié, ni aucune fidélité, ni généralement aucune vertu ; au lieu qu'en se considérant comme une partie du public, on prend plaisir à faire du bien à tout le monde, et même on ne craint pas d'exposer sa vie pour le service d'autrui, lorsque l'occasion se présente.

a. Quel est le thème ? 1 pt/5 min.

....

....

....

b. Quel est le problème philosophique ? 1 pt/5 min.

....

....

....

2. **Donner dans le tableau suivant les différentes étapes du texte et les grandes articulations.** 6 pts/10 min.

ÉTAPES DU TEXTE	MOTS DE CONNEXION
N°1 :	
N°2 :	
N°3 :	

3. **Quelle est la thèse principale du texte ?** 2 pts/5 min.

....

....

4. **Prenez la 1re phrase et simplifiez-la pour en dégager l'idée principale mais en gardant les mots de Descartes.** 2 pts/5 min.

....

....

5. **Quelles les autres idées qui vous paraissent importantes ? Pourquoi le sont-elles moins.** 2 pts/5 min.

a. ....

b. ....

Score .../14 pts

PARTIE 1

LES NOTIONS

LES DIFFÉRENTS SENS DU MOT CULTURE 7

Étymologie du mot *Culture*

Cela vient du latin *colere* qui signifie cultiver et/ou honorer. La culture suppose donc à la fois l'idée d'une production à partir d'un matériau de base (que ce soit la terre agricole ou l'esprit humain) et respecter des valeurs fédératives (les dieux des récoltes ou les valeurs culturelles).

Aujourd'hui le terme n'est plus uniquement utilisé pour l'agriculture, mais aussi pour le travail et les progrès de l'esprit humain.

Le mot allemand *Kultur*, qui s'impose à partir du XIXe, fait plutôt référence aux comportements acquis des individus, qui fondent leur identité.

Il s'agit donc d'un concept polysémique (qui a plusieurs sens) qui mêle les idées de progrès et de communauté identitaire.

La difficulté de trouver le bon sens lorsqu'on fait une dissertation sur la culture

Il y a au moins deux sens différents qui peuvent se complètent :

- La culture au sens *d'être cultivé*, ce qui voudrait dire que je cherche à juger, par exemple, la musique qu'écoute mon voisin.
- La culture au sens de *repères culturels* (par exemple les Japonais apprécient le poisson cru et suivent les principes du Shinto), ce qui suppose que je juge la manière de vivre de ce même voisin, s'il vient d'une autre culture.

Nous allons essayer de voir les problèmes traditionnels pour vous permettre de faire ces distinctions :

Premier problème : Ce qui naturel est-il légitime ?

La morale s'appuie sur un critère pour déterminer ce qui est normal : le naturel. Ainsi une femme doit aimer ses enfants au nom de *l'instinct maternel* et certains moralistes condamnent l'homosexualité au nom de la *nature humaine*. Mais il est très difficile de dire ce qu'est cette nature humaine car :

- La plupart de nos comportements sont *acquis*, c'est-à-dire appris grâce à notre éducation. Cela veut dire que nous sommes conditionnés par ce que nous avons appris au cours de notre enfance.

- Nous voyons, grâce à l'ethnologie (science qui étudie les différentes cultures) que les êtres humains ont multiplié les manières de vivre très différentes les unes des autres. Parfois l'homosexualité est érigée en mode de vie. Il n'y a donc pas de *naturel*, juste des normes liées à la culture et qui fixe ce qui est *normal*.

Deuxième problème : Ce qui rassemble et sépare les hommes

– **La culture comme marque d'humanité**, qui est ce qui nous distingue de l'animalité. Depuis 2 millions d'années, l'homme par ses activités a laissé des traces qui le distinguent des animaux. Il s'agit d'une évolution et certains mammifères ne sont pas très loin de le faire, mais seuls les hommes ont de manière systématique :

- Utilisé des outils
- Maîtrisé le feu
- Institué un culte des morts

Cela permet de trouver un point commun entre tous les êtres humains.

– **Mais la culture est aussi ce qui différencie les hommes.** Chaque peuple a sa culture, c'est-à-dire ses traditions et ses coutumes. Ne serait-ce que pour l'art de cuisiner (en lien, donc avec le goût et l'odorat), les variations sont infinies.

– Les hommes utilisent leur culture comme le lieu de leur identité, ce qui a pour conséquence qu'ils ne sont pas tolérants à l'égard de la culture des autres et qu'ils sont prêts à se battre pour défendre leurs valeurs. L'exemple le plus dramatique est la *guerre de religion* : Au nom de la croyance en un ou plusieurs dieux, les pires massacres furent commis. Cela ne veut pas dire que la religion provoque la guerre, mais que le conflit fait partie des relations entre les hommes.

Troisième problème : Culture et hiérarchie sociale

La culture développe également une autre forme de conflit : hiérarchiser les individus afin d'obtenir une forme de reconnaissance sociale. À cet égard*, la culture*, c'est-à-dire la musique, les livres et les films que vous lisez vous identifie comme appartenant à une certaine catégorie sociale, et vous ouvre (ou pas) des portes vers de nouvelles relations sociales.

Le sociologue français Pierre Bourdieu (1930-2002) a travaillé tout au long de son œuvre sur cette *distinction sociale*. Notamment il explique que l'école est d'abord

une entreprise de classification à travers la maîtrise des outils culturels : c'est la raison pour laquelle toutes les cultures ne sont pas valorisées de la même manière. Par exemple le rap n'est pas considéré comme un mode d'expression aussi digne que l'opéra.

La thèse de Pierre Bourdieu est que la culture sert à entretenir des rapports de force à l'intérieur de la société.

Avant lui, le philosophe genévois Jean Jacques Rousseau (1712-1778) avait noté, dès 1750, dans son *Discours sur les sciences et les arts* que la culture, loin d'améliorer le comportement moral des individus, au contraire favorise égoïsme et amour-propre.

Nous reverrons ces trois problèmes au cours des fiches n° 7, 8, 9.

À retenir

« Un champ, si fertile soit-il, ne peut être productif, et c'est la même chose pour l'âme sans enseignement. »

CICÉRON, *TUSCULANES*, (Ier SIÈCLE AV. J.-C.)

TOP CHRONO
C'est l'interro !

EXERCICE **30 min.**

1. Donnez au moins deux sens différents du mot *culture*. 4 pts/5 min.

a. ...

b. ...

2. Quel fut le changement de sens du mot *culture* depuis les Latins ? 2 pts/5 min.

3. En allemand, le mot *Kultur* signifie : 2 pts/5 min.

a. agriculture

b. musique classique

c. identité culturelle

d. connaissances culturelles

4. Expliquez dans court ce paragraphe (4 lignes/ 50 mots) pourquoi la culture à la fois rassemble et sépare les hommes entre eux. 5 pts/10 min.

5. Lisez les phrases suivantes et demandez-vous à quel problème expliqué ci-dessus elles font référence. 2 pts/5 min.

a. Il est normal d'avoir une famille avec un papa et une maman. **Problème n° :**

b. A l'école il vaut mieux apprendre l'allemand que l'espagnol. **Problème n° :**

c. En Europe, on ne mange pas les chiens. C'est tout de même mieux. **Problème n° :**

d. Les animaux n'enterrent pas leurs morts **Problème n° :**

Score .../15 pts

1er DÉBAT SUR LA CULTURE : PEUT-ON FIXER UNE LIMITE ENTRE LE NATUREL ET LE CULTUREL ?

8

Le problème

Il arrive souvent que des débats s'enflamment sur la question de la normalité : « Il est naturel qu'un père s'occupe de ses enfants » peut-on entendre. Mais l'anthropologie nous apprend que la figure du père est une construction culturelle.

Peut-on faire la distinction entre la nature et la culture ? Et est-ce souhaitable ?

Distinction entre nature et culture

Montrer la limite entre la nature humaine et la culture est difficile. Ce qui est naturel est dit ***inné*** et culturel ***acquis***. Mais lorsqu'on fait référence à l'innéisme on suppose que l'être humain a un instinct -par exemple l'instinct maternel. L'instinct serait ce qui est naturel. Nous allons voir que ce n'est pas si clair que cela et qu'il est difficile de définir ce qui est *naturel* :

- **La nature humaine** pourrait être ce qui est *originaire* chez l'homme : ce que les êtres humains étaient aux origines de l'humanité il y a entre 2 et 7 millions d'années. Mais personne ne sait réellement à quoi ressemblaient les homo erectus ou les homos sapiens. Donc c'est peine perdue : on ne peut pas savoir quelle est la nature humaine des origines.
- **La nature humaine** pourrait être ce qui est universel, commun à tous les êtres humains. Or l'ethnologie et l'anthropologie modernes nous ont montré que tout était relatif à chaque société : mis à part les fonctions vitales (boire/manger/dormir) qui ne nous distinguent pas des animaux, rien n'est universel chez les êtres humains, pas même la relation avec les enfants. Il y a des modèles de famille très différents les uns des autres dans le monde entier.

La prohibition de l'inceste

Claude Lévi-Strauss (1908-2009) était ethnologue. En 1948 il publia *Les structures élémentaires de la parenté*. Il y expliquait que la mise en place de **la règle** est fondamentale pour toute société. La *règle* s'oppose à l'*instinct* et est la véritable marque universelle de la nature humaine. C'est la raison pour laquelle *tout est culturel* chez l'homme. Par exemple toutes les sociétés humaines interdisent l'inceste. C'est donc universel. Mais les règles varient dans la définition de l'interdit : peut-on se marier par exemple avec son cousin ? Cela dépend de la société à laquelle on appartient.

La notion de barbare

Le **racisme** (croire que certains hommes appartiennent à une race supérieure) et la xénophobie (ne pas aimer les étrangers) sont les conséquences de ce relativisme culturel : les cultures et les mœurs sont si différentes que le rapprochement des hommes est toujours très difficile.

Au XVIe siècle, notamment, la découverte du cannibalisme par des Indiens du futur Brésil choque les Européens. Mais Montaigne, philosophe français (1533-1592) dans ses *Essais* (livre 1, chap. 12, *Des cannibales*) se demande qui est le plus barbare : des Indiens qui dévorent des ennemis après les avoir tués sans douleur, ou ses contemporains qui torturent à mort leurs voisins au seul titre qu'ils n'ont pas la même religion qu'eux (Il faisait ainsi référence aux guerres de religion entre catholiques et protestants). Cela veut dire qu'aucun peuple n'est **barbare**. Tout est relatif et on a tendance à être aveugle sur la barbarie de notre propre société.

Claude Lévi-Strauss a écrit après la Seconde Guerre mondiale un petit livre, *Race et Histoire*, contre le racisme où il analyse la définition même d'humanité. Il y explique notamment que tous les humains ont toujours considéré que les autres peuples étaient des non-humains et que c'est là une des bases des conflits et des massacres entre les hommes. Il nomme ***ethnocentrisme*** cette tendance à croire que sa seule culture porte les « vraies » valeurs.

À retenir

« Le barbare, c'est d'abord l'homme qui croit en la barbarie. »

LÉVI-STRAUSS, *RACE ET HISTOIRE* (1952)

TOP CHRONO
C'est l'interro !

EXERCICE **25 min.**

1. **Quelle est la différence entre l'inné et l'acquis ?** 2 pts/5 min.

Pourquoi est-il difficile de savoir ce qui est naturel chez l'homme ? 2 pts/5 min.

3. **Trouvez la meilleure définition du *barbare* parmi ces trois propositions :**
2 pts/5 min.

a. Le barbare est quelqu'un d'objectivement inférieur et qui n'a pas de culture.

b. Le barbare est celui qui a des comportements scandaleux, condamnés par la morale.

c. Le barbare est celui qui est différent mais sa barbarie est une illusion liée à cette différence.

4. **Dans un paragraphe (max 50 mots) vous expliquerez pourquoi la culture implique la notion de règle ?** 4 pts/10 min.

Score .../10 pts

2e DÉBAT SUR LA CULTURE : LES FUTURES GUERRES SERONT-ELLES TOUTES CULTURELLES ?

9

Le problème

Les guerres du XXe siècle furent idéologiques : Fascisme contre démocraties / Capitalisme contre communisme. Au XXIe siècle semblent revenir les guerres de religion et les séparations entre les différentes civilisations, au moment même où l'économie est mondialisée et où le modèle du fast-food s'impose partout. Comment comprendre ce paradoxe ? Et est-ce que cela veut dire que l'humanité ne pourra jamais vivre en paix ?

Le concept de culture nationale.

L'humanité existe-t-elle réellement ? La question peut paraître bizarre et pourtant elle s'impose : les hommes semblent refuser de former un tout homogène. Même *La Déclaration des Droits de l'Homme* fait débat et est remise en question au nom des différences entre les cultures. Certains penseurs considèrent que les futures guerres seront culturelles. Refaisons l'histoire de ce concept de ***culture nationale*** pour expliquer la tendance qu'ont les hommes à se faire la guerre.

- La Révolution Française avait une ambition *universaliste*, c'est-à-dire qu'en 1789 elle a voulu écrire « les droits naturels, inaliénables et sacrés de l'Homme ». Cet Homme (avec un H majuscule) est universel et donc n'appartient à aucune culture ni nation. Cette ambition était généreuse mais elle avait pour conséquence inattendue de justifier la guerre pour imposer ces droits décrits. La colonisation elle-même a pu se justifier grâce aux Droits de l'Homme (à connaitre la « civilisation »).
- Contre cette déclaration universelle, les Allemands, et notamment un certain Herder (1744/1803) développèrent le concept de *Volksgeist*, c'est-à-dire *l'esprit* ou le *génie* particulier d'un peuple et d'une nation : Chaque nation aurait ainsi sa propre singularité et pourrait s'opposer aux autres. Cela justifia dès lors les guerres défensives, entre autres la résistance des peuples face à l'invasion française sous la direction de Napoléon Bonaparte.
- Il y a donc un débat : faut-il préserver ce qui fait la spécificité de chaque culture (et chaque nation) ou faut-il chercher à tout homogénéiser au nom d'une humanité ? Par exemple les droits de l'homme sont-ils universels ou juste le résultat d'un texte idéologique occidental ?

Le choc des civilisations

Samuel Huntington (1927/2008) est un historien américain qui, en 1993, a écrit un article expliquant que les futures guerres (celles du XXIe siècle) ne seront plus idéologiques – comme celle par exemple contre le nazisme – mais culturelles.

Son argument tient en plusieurs points :

- a) Chacun d'entre nous a besoin d'une identité. Nous la trouvons au sein de notre famille, de notre nation, mais aussi grâce à notre religion (et même les athées fondent leur identité sur la non-croyance en dieu). Il précise : « Une civilisation est le mode le plus élevé de regroupement et le niveau le plus haut d'identité culturelle dont les humains ont besoin pour se distinguer des autres espèces. Elle se définit à la fois par des éléments objectifs, comme la langue, l'histoire, la religion [...] » (*Clash of civilisations*, 1996)
- b) Nous pouvons diviser le monde en huit ou neuf grandes civilisations basées sur les différences entre religions. Par exemple la religion occidentale (culture chrétienne), en différence avec la « civilisation » musulmane et/ou chinoise.
- c) La civilisation occidentale veut dominer le monde en imposant sa culture. Il écrit en 1996 : « Seule l'arrogance incite les Occidentaux à considérer que les non-Occidentaux « s'occidentaliseront » en consommant plus de produits occidentaux. » Mais les autres civilisations vont d'autant plus réagir que le monde est devenu plus petit et que les échanges sont plus nombreux.
- d) Donc les futurs conflits existeront aux frontières entre les différentes cultures.

Cet argumentaire a eu un écho particulier à partir du 11 septembre 2001 et les attaques contre le *World Trade Center* à New-York. Beaucoup, et à commencer par le président des États Unis de l'époque, ont cru que commençait une nouvelle guerre des civilisations.

Mais nous pouvons critiquer une telle vision :

- a) Tout d'abord les civilisations dessinées par l'historien américain sont discutables. Par exemple il parle d'une « civilisation musulmane ». En quoi consiste-t-elle ? Quel est le point commun entre un Indonésien, un Saoudien, un iranien ou un soudanais, mis à part la lecture du Coran ?

- b) Les guerres les plus meurtrières se déroulent souvent à l'intérieur d'une civilisation. Nous pouvons juste prendre le cas de la guerre irako-syrienne contre l'État Islamique, où des musulmans se battaient contre d'autres musulmans.
- c) Beaucoup de guerres ont un motif économique et/ou climatique. À l'inverse, la différence entre les civilisations n'a jamais empêché le commerce. Pensons notamment au rôle de la Chine dans l'économie de l'Europe.

Néanmoins le débat demeure autour de la question suivante : peut-on imaginer une paix durable si les hommes n'adoptent pas la même culture ? Mais peut-on pour autant désirer une homogénéisation des mœurs et des traditions ?

À retenir

« La croyance occidentale dans la vocation universelle de sa culture a 3 défauts majeurs : elle est fausse, elle est immorale et elle est dangereuse. […] L'impérialisme est la conséquence logique de la prétention à l'universalité. »

SAMUEL HUNTINGTON, *THE CLASH OF CIVILIZATIONS* 1996

TOP CHRONO
C'est l'interro !

EXERCICE **30 min.**

1. À qui s'adresse la déclaration des droits de l'Homme ? Est-ce justifié ?
5 pts/10 min.

....

....

2. Quelle est la définition du *Volksgeist* (génie national) ? 2 pts/5 min.

a. L'idée que chaque peuple a un génie parmi lui.

b. L'idée que chaque peuple est génial car invente des solutions pour vivre.

c. L'idée que chaque peuple a sa propre singularité qui le différencie des autres.

d. L'idée que chaque peuple peut faire des chefs-d'œuvre.

3. Donnez les principaux arguments donnés par Samuel Huntington pour justifier la réalité du *choc des civilisations* : 4 pts/5 min.

a. ....

b. ....

c. ....

d. ....

4. Trouvez un exemple de guerre entre deux cultures. Peut-on dire que c'est uniquement culturel ? 4 pts/10 min.

a. Exemple :

....

b. culturel, économique, ou climatique ? Justifiez votre choix :

....

....

Score .../15 pts

3e DÉBAT : À QUOI CELA SERT DE SE CULTIVER ?

10

Qu'est-ce qu'un individu cultivé ?

La culture peut être aussi l'ensemble des œuvres de l'humanité -la musique, la peinture, le cinéma, les livres, qui méritent d'être retenues et dont on peut vouloir parler. Chacun peut ainsi se revendiquer *cultivé* : aussi bien celui qui lit beaucoup que celui qui écoute du rap.

Néanmoins il y a une idée de *hiérarchie* des cultures : il vaudrait mieux écouter Mozart que Eminem. Du moins cela joue un rôle dans la position sociale. Est-ce que c'est légitime ?

Une question qui date du XVIIIe siècle

Le siècle des Lumière a toujours voulu favoriser la culture : L'instruction est censée rendre le peuple plus heureux.

- Le projet de **L'Encyclopédie** mené par Diderot et d'Alembert était de proposer une somme de connaissances, pour permettre aux gens du peuple d'être plus heureux. En ce sens la *culture* est associée à *l'instruction* : connaître ce qui est nécessaire permettrait *le progrès* de l'humanité. Les auteurs, appelés *les philosophes*, considéraient que la connaissance permettait de lutter contre l'ignorance, mais aussi et surtout de supprimer la dictature de la pensée et l'oppression politique.
- Dans la même idée, le philosophe allemand Emmanuel **Kant** écrivit un petit livre en 1786, ***Qu'est-ce que s'orienter dans la pensée ?*** Son point de départ ? « Ose penser par toi-même ! » car la liberté de penser provient d'une capacité à connaître. Talleyrand, homme politique contemporain de Kant, dans un célèbre *rapport sur l'instruction publique* (1791) précisa ce que cela veut dire : un homme ignorant est à la merci des charlatans et si la culture n'empêche pas l'inégalité entre les esprits, elle permet au moins à ceux qui *savent* de ne pas dépendre totalement de tout ce qui les entoure mais uniquement des découvertes des grands génies : la culture rend donc libre !

Les critiques et le pessimisme de Jean Jacques Rousseau

- En 1750 Rousseau participa à un concours organisé par l'Académie de Dijon qui proposait la question suivante : « Si le rétablissement des sciences et des arts a contribué à épurer les mœurs » ; c'est-à-dire si l'instruction proposée depuis *La*

Renaissance (en opposition au *Moyen Âge* vécu comme une période d'obscurantisme) avait permis un progrès certain pour le peuple. Rousseau va être **sceptique** et **pessimiste :** Certes la culture permet le progrès de l'esprit et du jugement individuel, mais rien ne dit qu'il favorise le progrès moral : Nous avons régulièrement vu des individus qui utilisent la *culture* comme une « arme » sociale, pour renforcer leur domination sociale. Rousseau a deux arguments : d'une part la culture favorise l'*amour-propre*, c'est-à-dire l'amour de la réputation. D'autre part il n'y a aucun lien entre la *culture* et les qualités morales desdits individus. L'exemple du Marquis de Sade qui écrivit des ouvrages pornographiques tout au long du XVIIIe siècle l'illustre parfaitement. Rousseau plaide au contraire pour les qualités du *cœur* que peuvent avoir des âmes « simples » c'est-à-dire sans instruction, mais honnêtes.

- Il n'est bien entendu pas question de remettre en question l'école et de favoriser l'obscurantisme. Rousseau n'était pas l'apôtre de ces écoles religieuses qui dénonçaient le rôle de l'instruction et préféraient une population ignorante qui ferait totalement confiance dans l'autorité de la Religion (nous voyons d'ailleurs au XXIe siècle le retour de telles doctrines). Non. L'argument de Rousseau est plus subtil : La sensibilité à la douleur est naturelle. Il appelle cela ***la pitié***. Même les animaux la ressentent. Qu'on imagine par exemple le cheval. Il ne peut pas faire du mal gratuitement. La culture, à l'inverse, peut étouffer cette sensibilité et rendre froid l'individu : le philosophe peut être indifférent à la misère humaine et laisser s'entre-tuer ses contemporains, alors même que la mère de famille, même si elle n'a pas été beaucoup à l'école, s'interposera lorsque qu'une bagarre dégénère. C'est cette qualité, la pitié pour ses semblables, qui disparait le plus vite dans nos sociétés au profit de l'amour pour notre réputation sociale. C'est cela que toute la culture du monde ne réussit pas à défendre !

À retenir

« La nature commande à tout animal et la bête obéit. L'homme éprouve la même impression mais il se reconnaît libre d'acquiescer ou de résister. »

ROUSSEAU, *DISCOURS SUR L'ORIGINE ET LE FONDEMENT DE L'INÉGALITÉ ENTRE LES HOMMES* (1754)

TOP CHRONO
C'est l'interro !

EXERCICE **40 min.**

1. **Faire de la philosophie, c'est comprendre *ce qui fait problème* avant même de chercher des solutions. Écrivez en deux lignes ce qui vous semble être le problème principal évoqué par cette fiche.** 4 pts/10 min.

....

....

2. **Retrouvez les deux arguments principaux dégagés par les philosophes des Lumières en faveur de la culture.** 4 pts/5 min.

   a. ....

   b. ....

3. **Rousseau n'est pas totalement favorable à l'instruction car (choisissez la bonne réponse) :** 2 pts/5 min.

   a. la religion est supérieure à la philosophie

   b. La culture rend l'homme dépendant des génies de la science

   c. La culture peut étouffer le sentiment de pitié nécessaire aux relations humaines.

   d. la culture rend l'homme plus sensible aux animaux qu'aux humains.

4. **Essai personnel : en 50 mots, prenez position et expliquez qui de Diderot ou de Rousseau vous a paru le plus convaincant : Faut-il favoriser la culture ou la richesse du cœur ? Faut-il même choisir ? Votre texte doit comporter au moins deux arguments et un exemple.** 10 pts/20 min.

....

....

....

....

Score .../20 pts

DÉFINITIONS DE *L'ART* ET *LA TECHNIQUE*

11

Le mot *art* en français a au moins deux sens : celui de savoir *bien faire* et celui de produire des œuvres d'art. De même le mot **technique** en français fait référence à la fois à la maîtrise de méthode pour faire quelque chose, mais aussi à une logique d'existence et de prise de décision. Notamment on peut parler de *technocrates* pour critiquer les décisions prises par l'administration.

Le fait que le programme ait mis les deux notions en couple suppose que les deux peuvent être articulés.

L'évolution historique du mot « art »

Aujourd'hui le mot « art » est employé dans des sens très différents :

- Il y a d'abord la classification de *9 arts*, dont la liste initiale (les 6 premiers) est née au XVIIIe siècle et qui a vu le cinéma, la photo puis la BD se rajouter au XXe siècle. Il s'agit là de la capacité à produire des objets ***esthétiques***, beaux ou laids, et qui ont leur propre justification : l'art peut être inutile. On parle de ***l'art pour l'art***.
- Mais il y a aussi *l'art* suivi par un verbe : l'art de bien parler par exemple, ou l'art de la cuisine, ou l'art du footballeur. On parle dans ce cas ***d'habileté***. Il sera très important de distinguer les deux, car cela permettra aussi de distinguer **artiste** et **artisan**.
- Aujourd'hui l'art se divise en plusieurs catégories : il y a l'art populaire, notamment le cinéma et la musique, ou la BD. En revanche *l'art moderne* évolue en rupture par rapport au public et offre des créations déconcertantes, symbolisées par exemple par ***la Fontaine*** de **Marcel Duchamp.**

La technique est un l'ensemble des recettes pour réaliser un objet et/ou une action.

- Notre société est dite « technocratique », c'est-à-dire que tous nos objets sont beaucoup trop complexes pour pouvoir être fabriqués par ceux qui s'en servent : Vous pouvez conduire votre voiture ou utiliser votre smartphone sans jamais imaginer comment ils sont faits. Le mythe de l'autarcie, situation où quelqu'un peut subvenir seul à tous ses besoins, a disparu.
- **Les ingénieurs et les techniciens** ont donc un pouvoir politique sur nos sociétés. Même sur le plan économique les responsables parlent de nécessité technique pour justifier leurs choix : rembourser la dette, assurer la croissance

du PIB fait que l'homme politique ne peut pas prendre les décisions comme il veut ; il ne peut pas par exemple fermer les frontières car *techniquement* cela aurait trop de conséquences sur notre économie. La question du **pouvoir de la technique** devra donc être posée.

➡ La question de la création et du génie est aussi très intéressante :

- **Un génie** comme Léonard de Vinci se considérait davantage comme un ingénieur que comme un artiste. Pourtant il est l'auteur de peintures géniales. Qu'est-ce qu'un génie ? Kant le définissait comme la capacité à faire quelque chose d'original tout en servant de modèle pour les suivants.
- Mais cela ne donne pas pour autant la définition de la **création** et de son mystère : comment est-ce qu'une idée peut apparaître dans un esprit ? Est-ce que ***la création artistique*** est à mettre au même niveau que ***la création technique*** ?

Nous reverrons ces trois problèmes au cours des fiches n° 12, 13, 14.

➡ À retenir

« L'art est à l'homme ce que la nature est à Dieu. »

Victor Hugo

TOP CHRONO
C'est l'interro !

EXERCICE **30 min.**

1. **Sur internet, trouvez au moins 3 exemples d'artistes qui utilisent beaucoup de technique dans leurs créations** 4 pts/5 min.

   a. ....

   b. ....

   c. ....

2. **Quelle est l'ambiguïté du mot *art* en français ?** 4 pts/5 min.

   ....

   ....

3. **Parmi ces propositions, laquelle vous semble la plus sensée :** 2 pts/5 min.

   a. Léonard de Vinci est un vrai artiste.

   b. Léonard de Vinci ne se considérait pas comme un artiste mais nous oui.

   c. Léonard de Vinci ne voulait pas peindre. On l'a forcé.

   d. Léonard de Vinci considérait que la technique était supérieure à l'art.

4. **Expliquez dans court ce paragraphe (4 lignes/ 50 mots) pourquoi la technique peut faire peur.** 10 pts/15 min.

   ....

   ....

   ....

   ....

Score .../20 pts

1er DÉBAT SUR L'ART ET LA TECHNIQUE : L'ART CONTEMPORAIN EST-IL ENCORE DE L'ART ?

12

Le problème

Des taches de couleur sur une toile, des écrans vidéo et/ou des performances : Que ce soit le centre Beaubourg, le Palais de Tokyo ou la Tate Modern, une forme d'expression se développe depuis 100 ans au cœur des musées et du monde de l'art. Appelé ***art contemporain***, il est remis régulièrement en cause dans son statut d'art, certains n'hésitant pas à dire qu'il s'agit d'une escroquerie. Nous allons examiner la raison de ce débat.

L'acte de désublimation de l'art.

La 1re guerre mondiale fut à plus d'un titre horrible. Pour les artistes de l'époque, plus encore peut-être que les autres, cette guerre symbolisa le triomphe de la rationalité et la barbarie qu'elle peut produire. D'où le refus de continuer comme avant. C'est comme cela qu'est né le ***surréalisme*** et le ***dadaïsme*** qui sont à l'origine de nouvelles formes d'art. Voyons un des exemples les plus célèbres :

- **Marcel Duchamp** est invité en 1917 au salon international de New-York Refusant de chercher à faire une forme d 'art classique, il partit acheter un urinoir au BHV de Paris, qu'il posa sur un socle, signant R Mutt. Son travail -ironique- porte sur le sens même de ce que peut être l'art. En créant un **ready-made** il démontre que l'art peut ne plus suivre les règles fixées les siècles précédents.
- **Pinocelli** est un artiste « *performer* » originaire du Gard. Lorsque **La Fontaine** de Marcel Duchamp fut exposée au **Carré d'Art** de Nîmes, il décida de poursuivre l'œuvre de son maître en... urinant dans la fontaine. Il récidiva en 2000 en cherchant à briser le ready-made à coups de marteau au centre Beaubourg. **Est-ce que c'est encore de l'art ?** On pourrait multiplier les exemples du même type, la question resterait la même. Nous allons y apporter deux réponses contradictoires.

La définition du sublime

Kant (1724/1804) définissait le sublime comme un écart entre ce qu'on peut faire et ce qui nous est montré (*Critique de la Faculté de Juger*, §25). Dit ainsi, l'art serait de l'art à condition que ce qui nous est proposé soit sublime, c'est-à-dire au-delà des capacités ordinaires. ***La Joconde*** de Vinci et son fameux sourire sont ainsi sublimes car le talent du maître italien nous laisse béat d'admiration. ***L'art*** serait donc un objet ou une réalisation esthétique que tout le monde n'est pas capable de réaliser. Avec cette définition, nous pourrions dire que l'**art contemporain** n'est pas de l'art.

L'idée de projet esthétique

Mais au XXe siècle, certains artistes ont remis en cause cette nécessité de faire des œuvres sublimes. Il y a par exemple Andy Warhol qui, aux États-Unis, décida de créer le ***Pop Art*** : faire de l'art avec des objets du quotidien, faire de l'art en représentant des objets du quotidien. Il réalisa notamment des peintures célèbres de *soupes de tomate sucrées* (1962). Selon lui l'art n'était qu'une question de performance et de technique mais de ***sens*** : l'artiste est celui qui crée un objet esthétique, c'est-à-dire un objet qui n'a pas besoin d'être réellement utile pour justifier son existence mais qui doit proposer une vision du monde. ***L'art contemporain***, à ce titre, peut être considéré comme de l'art.

À retenir

« [Les œuvres d'art] sont les seules choses à n'avoir aucune fonction dans le processus vital de la société. »

HANNAH ARENDT, *LA CRISE DE LA* CULTURE 1961

TOP CHRONO
C'est l'interro !

EXERCICE **40 min.**

1. **Donnez au moins un exemple d'œuvres d'art contemporaines et expliquez en quoi cela vous paraît être de l'art.** 2 pts/10 min.

....

....

....

2. **Trouvez deux exemples d'œuvres d'art qui vous paraissent sublimes.** 2 pts/10 min.

....

....

....

3. **Trouvez la meilleure définition de *l'art* parmi les propositions suivantes :** 1 pt/5 min.

   a. L'art c'est ce qui est beau et qui imite la nature.

   b. L'art c'est l'expression d'une vision du monde par un artiste.

   c. L'art c'est ce qui est provocant.

4. **Dans un cours paragraphe, indiquez si selon vous il faudrait « supprimer » l'art contemporain. Trouvez au minimum 2 arguments.** 5 pts/15 min.

....

....

....

Score .../10 pts

2e DÉBAT SUR L'ART ET LA CULTURE : FAUT-IL AVOIR PEUR DE LA TECHNIQUE ?

13

Le problème

Le XXe siècle vit la naissance d'un nouvel état d'esprit : ***la technophobie*** qui considère que la technique peut représenter un danger pour l'homme. Les 2 guerres mondiales avec leur armement industriel et en particulier la Bombe Atomique en 1945, mais aussi la méfiance à l'égard des manipulations de la nature (les *OGM*) et les robots qui remplacent les hommes dans leur travail provoquent de plus en plus d'angoisse.

La caractéristique de l'angoisse, par rapport à la peur, c'est qu'elle n'a pas réellement d'objet. Nous allons voir si elle est justifiée ou pas.

La pensée optimiste à partir du XVIIe siècle

La technique est d'abord apparue comme une chance pour l'humanité : **Descartes** (1596/1650) écrivit dans son **Discours de la Méthode** que l'objectif de la science était le ***bonheur de l'homme*** et à cet égard la technique devait nous rendre « *comme maître et possesseur de la nature* ». Il inaugure ainsi une pensée de la technique comme *puissance de l'homme* qui peut dominer la nature. Il est le premier de toute une série de philosophes *technophiles* :

- **Diderot** (1713/1784), dans ***l'Encyclopédie*** considère d'ailleurs que la pensée humaine est et doit être technique autant que théorique : l'ouvrage comporte de nombreuses planches à dessins montrant les mécanismes de l'époque. Par exemple la visse sans fin. Dans son article « Art » Diderot distingue les *arts libéraux* (c'est-à-dire intellectuels) des *arts mécaniques*, ceux qui produisent des ***machines***. Il fait un éloge des artisans. Selon lui, longtemps méprisés, ces derniers n'ont pas vu à quel point ils participaient au bonheur de l'humanité.
- **Bergson** (1859/1941) en 1907 dans *L'évolution créatrice* requalifia l'intelligence humaine : nous ne sommes pas que des ***homo sapiens*** mais ***des homo Faber***, des intelligences qui fabriquent : selon lui dans 1000 ans l'humanité aura oublié nos guerres et nos présidents, mais les grandes inventions, comme ***la machine à vapeur*** (mais nous pourrons parler plutôt en 2018 ***d'internet***) resteront gravées dans les mémoires avec leur inventeur, tout comme nous nous souvenons de l'imprimerie de **Gutenberg** (1454).La technique a donc joué un rôle bénéfique dans l'histoire de l'humanité.

La technophobie

Le philosophe allemand **Martin Heidegger** (né en 1889 et mort en 1976) est sans doute le penseur le plus important du XXe siècle. Notamment car il représente le courant de *méfiance* et de *scepticisme* à l'égard de la technique. So position est de se demander s'il est bon ou pas de confier toute notre société à la logique technique. En 1951 il prononce une conférence sur **La question de la technique** où il développe 3 arguments sur la surpuissance de la technique :

- La Technique modifie notre relation à la nature. Avant un paysan *accompagnait* la terre en semant. Il lui *confiait* sa semence. Aujourd'hui, l'agriculture agro-industrielle *somme* la terre de fournir (grâce à des moyens chimiques comme les engrais) une production rentable.
- La technique est une *pro-vocation* de la nature, c'est-à-dire qu'elle modifie le cours naturel de la nature : un moulin à eau attendait que la rivière lui fournisse son énergie, une centrale hydro-électrique crée un barrage et la rivière attend avant de pouvoir s'écouler. L'eau est *soumise* aux besoins des hommes. C'est ce qu'il appelle ***l'arraisonnement***.

Donc la technique est une ***volonté de puissance*** en elle-même ! Elle n'est pas au service des besoins de l'homme, mais l'homme doit se rendre disponible pour les besoins de la technique. Exemple : la presse écrite (les magazines) doit rendre nécessaire le besoin d'être lue pour justifier tous les moyens techniques utilisés, du bois coupé et utilisé pour le papier aux journalistes qui doivent être payés. C'est pour cela que la société technique est surmédiatisée : pour justifier l'existence de la presse et de ses moyens techniques.

À retenir

« Les artisans se sont crus méprisables, parce qu'on les a méprisés ; apprenons-leur à mieux penser d'eux-mêmes : c'est le seul moyen d'en obtenir des productions parfaites. »

DIDEROT, *ARTICLE « ART »* DE L'ENCYCLOPÉDIE

TOP CHRONO
C'est l'interro !

EXERCICE 30 min.

1. Donnez une définition de la *technophobie*. Est-ce que cela vous paraît une attitude justifiée ? 4 pts/5 min.

a. Définition ....

b. Justification ....

....

2. *L'arraisonnement*, c'est : ? 2 pts/5 min.

a. L'idée que la technique permette à l'homme de rester à quai.

b. La technique qui impose sa puissance à la nature.

c. L'idée que la nature s'impose à la technique comme modèle

d. Le fait que la technique raisonne comme la nature.

3. Donnez les raisons pour lesquelles la technique peut aider l'homme à être heureux : 5 pts/10 min.

....

....

....

4. Quelle est la différence entre les *arts libéraux* et les *arts mécaniques*, selon Diderot. Qu'est-ce qu'il préfère ? 4 pts/10 min.

....

....

....

Score .../15 pts

3ᵉ DÉBAT SUR L'ART ET LA TECHNIQUE : TOUT PEUT-IL ÊTRE DE L'ART ?

14

Le problème

Il n'y a rien de plus difficile que de définir l'art, surtout si on veut distinguer une œuvre d'art d'un autre objet. L'art au XXᵉ et au XXIᵉ siècle a transgressé les limites et nous avons vu dans la fiche n° 12 qu'un urinoir pouvait devenir un *ready-made* célèbre. Nous allons essayer de trouver la définition de ce qu'est une *œuvre d'art*. Et si une telle définition peut fonctionner !

➠ Le procès Brancusi.

En 1928 le sculpteur français Brancusi vend à un musée américain une de ses œuvres, nommé ***Oiseau dans l'espace***. Les douanes américaines arrêtent l'objet et l'administration intente un procès car le caractère artistique de l'objet ne leur semblait pas évident. Grâce à ce procès nous avons des éléments *juridiques* pour savoir ce qui est de l'art ou pas :

- **Une œuvre d'art** est ce qui provoque une *émotion esthétique*, que ce soit le beau ou le laid (l'art moderne ne cherche pas nécessairement à faire quelque chose de beau), et surtout elle en tire toute sa justification : l'œuvre d'art n'a pas besoin d'être utile pour justifier son existence (même si elle peut l'être, notamment en défendant un message.)
- **Une œuvre d'art** n'a pas besoin de représenter quelque chose de précis, et le lien avec le titre n'est pas obligatoire. Même si la sculpture a pour titre *Oiseau*, cela ne veut pas dire qu'il faut que ça représente un oiseau. Après tout l'art qui imite, ainsi que le faisait remarquer le philosophe allemand **Hegel** (1770/1831), est plus pauvre que son modèle. Ça n'a pas d'intérêt. Ce qui est plus motivant c'est de percevoir *le regard de l'artiste* plus que ce qu'il veut représenter.

L'œuvre d'art est donc réalisée par *un artiste*, c'est-à-dire un créateur qui est reconnu comme tel par le *Monde de l'art*. Au XXᵉ siècle la *signature* de l'artiste deviendra même très importante : ce qui est signé *Picasso* ou *Vincent* (Van Gogh) a de la valeur en soi grâce à cette signature. Ce qui pose d'ailleurs des problèmes : le travail de création a d'autant plus de valeur que l'artiste est connu. Mais l'artiste ne devrait être reconnu que pour son travail artistique. C'est un cercle. Qui est premier ? L'œuf ou la poule ? Qu'est-ce qui est premier ? La renommée de l'artiste ou son œuvre ?

Le rôle des Musées

Malraux (1901/1976), dans *Les Voix du silence*, explique le **caractère récent de l'art** ! Selon lui les peintres du Moyen Âge ne se considéraient pas comme des artistes mais soit comme des artisans, soit comme des témoins d'une émotion religieuse :

- Léonard de Vinci qui est pour nous un artiste génial ne se considérait effectivement pas lui-même comme un artiste, mais davantage comme un ingénieur. La notion d'artiste qui expose dans les musées n'existait pas, car *les musées n'existaient pas*. Il faut donc noter que l'art défini non pas uniquement comme *savoir-faire* mais aussi comme réalisation esthétique faite pour être contemplée n'existe que depuis 200 ans, depuis l'invention des musées.
- Du coup toute œuvre exposée dans un musée peut être considérée comme une œuvre d'art ; que ce soit les tableaux presque totalement noirs de **Soulages**, ou des affiches de films américains. Nous avons là une nouvelle définition de l'art : est de l'art tout ce qui peut être exposé de manière à provoquer une émotion esthétique.

À retenir

« Pour que le passé prenne une valeur artistique, il faut que l'idée d'art existe. »

ANDRÉ MALRAUX, *LES VOIX DU SILENCE* 1951

TOP CHRONO
C'est l'interro !

EXERCICE **35 min.**

1. **Trouvez un exemple d'une œuvre de Pierre Soulage et expliquez pourquoi c'est considéré comme de l'art en reprenant les arguments ci-dessus.** 5 pts/10 min.

....

....

....

2. **Imaginez-vous procureur lors du procès de Brancusi. Quels arguments auriez-vous utilisés contre l'artiste ?** 3 pts/10 min.

....

....

....

3. **Trouvez la meilleure définition de *l'art* parmi les propositions suivantes :** 2 pts/5 min.

   a. L'art c'est ce qui provoque une émotion esthétique.

   b. L'art c'est signé par un artiste connu.

   c. L'art c'est ce qui a une utilité (par exemple politique).

4. **Imaginez ce que pourrait dire Léonard de Vinci de la place de la Joconde aujourd'hui, après vous être renseigné sur ce qu'il pensait de son travail.** 5 pts/10 min.

....

....

....

Score .../15 pts

DÉFINITION DU CONCEPT D'ÉCHANGE 15

Les échanges se définissent comme la capacité à tisser des liens avec les autres, afin de s'apporter mutuellement ce qu'on ne peut pas obtenir seul. Les échanges s'opposent à la violence de la vie sauvage, mais nécessitent individualisme et rationalité, car lorsqu'on échange on défend toujours son intérêt.

L'objectif de cette fiche est que vous preniez conscience qu'il n'y a pas que les échanges commerciaux. Il y a aussi les échanges symboliques, les échanges de parole et les échanges sociaux qui doivent être pris en compte.

L'échange le plus intuitif : le commerce.

Les échanges économiques consistent à échanger des biens afin de satisfaire ses besoins, grâce à l'intermédiaire de l'argent

- **Aristote** (384/322 av. J.-C.) expliquait que le *troc*, sans doute première forme d'échange entre les hommes, est limité car on ne pouvait échanger que des objets dont la valeur est équivalente. *L'argent* fut donc inventé pour fluidifier les échanges, les rendre plus souples.
- Mais l'argent est devenu très vite le cœur des échanges. D'intermédiaire (je vends une marchandise et avec l'argent j'achète une autre marchandise) il est devenu la *finalité* de l'échange (Je possède un *Capital* qui me permet d'acheter de la marchandise que je revends pour augmenter mon capital). Aristote appelait cela la ***chrématistique,*** aujourd'hui nous appelons cela ***la spéculation financière***.
- Ce qui caractérise le commerce, c'est qu'il cultive l'*individualisme* et l'*égoïsme* : les individus ne recherchent pas à aider ou à rendre heureux les autres. Ils ne cherchent qu'à gagner de l'argent. Le philosophe écossais **Adam Smith** (1723/1790) pensait que cette attitude était bénéfique pour la société tout entière : c'est la théorie de la ***Main Invisible*** : la somme des intérêts individuels produit l'intérêt général. Cette thèse est-elle vraie ?

Mais les échanges ne se limitent pas au commerce.

Notre société se base aussi des échanges symboliques. Il y a les rites sociaux, comme les mariages ou la politesse : ils sont symboliques dans le sens où ils n'échangent pas des objets mais des pratiques à travers des gestes et des paroles. Ils sont porteurs de sens. Et la question que nous étudierons sera : sont-ils libres ou déterminés. Peut-on choisir par exemple de se marier avec qui nous voulons ou devons-nous respecter des règles ?

Les animaux échangent-ils ?

- **Il y a des animaux sociaux.** Les fourmis par exemple ont une société très organisée, très hiérarchisée. Mais pour autant les fourmis n'échangent pas dans le sens où leurs activités n'ont pas pour but un enrichissement individuel. C'est le groupe tout entier qui bénéficie de leur activité.
- Néanmoins nous nous demanderons si certains animaux n'échangent pas à travers le langage, mettant ainsi en avant ce qu'est le langage et ce qui est spécifique au langage des hommes par rapport à celui des animaux.

Nous reverrons ces trois problèmes au cours des fiches n° 16, 17, 18.

À retenir

« Il ne s'est jamais vu d'animaux disposés à échanger leur proie. »

ADAM SMITH, *DE LA RICHESSE DES NATIONS* (1776)

TOP CHRONO
C'est l'interro !

EXERCICE **30 min.**

1. **Pourquoi peut-on douter que les animaux échangent ? Justifiez avec au moins deux arguments.** 2 pts par argument/10 min.

2. **Pourquoi l'argent a été inventé selon Aristote ?** 2 pts/5 min.

   a. On voulait créer des inégalités.

   b. Il fallait un intermédiaire pour échanger les marchandises.

   c. Cela a toujours existé.

   d. Il s'agit d'un accident : l'or ne servait à rien d'autre.

3. **Cochez les caractéristiques de *l'échange* humain :** 2 pts/5 min.

   a. On échange quelque chose contre autre chose.

   b. Il y a toujours de l'argent échangé.

   c. il faut calculer son intérêt.

   d. Il s'agit d'un acte violent.

   e. On peut échanger seuls.

4. **Êtes-vous d'accord avec la théorie de la *Main Invisible* ? Argumentez dans un court paragraphe (50 mots) avec au moins 3 arguments pour défendre votre idée.** 6 pts/10 min.

Score .../14 pts

1er DÉBAT SUR LES ÉCHANGES : EST-CE QUE FAIRE UN CADEAU EST TOUJOURS DÉSINTÉRESSÉ ?

16

Le problème

Normalement l'échange nécessite un retour : on donne pour recevoir. Dans le cadre du cadeau il n'y a pas de ***contre don***. On offre pour faire plaisir à l'autre sans attendre de retour. Mais l'anthropologie moderne va nous apprendre que c'est plus complexe que cela : nous donnons dans l'attente que l'autre nous donne en retour. Question : est-ce que le système de cadeau ne cache pas en fait beaucoup d'égoïsme ?

Méthode : Regarder loin pour comprendre ce qui est près.

Lévi-Strauss (1908/2009), ethnologue belge, reprend la méthode de **Rousseau** (1712/1778) pour analyser le rôle que jouent les cadeaux dans nos propres sociétés : c'est difficile de comprendre ce qui se passe auprès de soi. Nous allons prendre des exemples pour montrer qu'on ne fait pas des cadeaux sans respecter des règles non-écrites mais respectées par tous :

- **Invité à un mariage**, il est inconvenant de venir sans un cadeau. Et le cadeau doit correspondre à sa place dans la famille et sa position sociale. Autrement on est taxé de « radin ». Dans la même logique, on sait que la valeur des cadeaux équivaut au prix des mariages. Ce serait peut-être plus simple de faire payer les invités, sans demander de cadeaux. Mais quel scandale !
- **Lorsque vous êtes invités par un ami** par exemple à boire un verre au café après le lycée, certes vous ne devez pas lui rendre. Néanmoins vous lui êtes redevables : vous êtes obligés de lui parler et de l'inviter à votre tour, même si ce n'est pas sur le moment. Si vous ne le faites pas, vous brisez un code social non-dit mais très important : celui de la dette sociale.

La Kula

Pour comprendre ces règles sociales, traversons la planète et rendons-nous en Polynésie : là-bas il y a les îles **Trobriand** où les habitants s'échangent des colliers de coquillages (sans aucune valeur monétaire) à l'occasion de leurs rencontres. Ils doivent le garder maximum 2 ans avant de le redonner à un autre, non sans raconter l'histoire du collier, son ***Hau***. Cela se passe à l'occasion de grandes fêtes et permet de maintenir la mémoire de ce peuple qui longtemps n'utilisait pas l'écrit. Ces échanges de coquillages ont permis de maintenir la paix entre les *trobriandais*, car on ne fait

pas la guerre à quelqu'un qui nous a fait un cadeau. Donc il n'y a pas de contredon, mais le cadeau engage celui qui l'accepte.

Le Potlatch

En Amérique du Nord, les indiens **Kwakiutl** pratiquent un rite surprenant : riches commerçants l'été, ils passent leur hiver à organiser des fêtes extrêmes. Elles consistent à inviter ses voisins et à dépenser tout son argent, quitte à vivre ensuite dans la pauvreté. Inviter signifie alors *écraser* les autres. Le sociologue **Marcel Mauss** (1872/1950) expliquait que ce sont des relations *agonistiques*, c'est-à-dire des relations de combat : faire des cadeaux permet de dominer l'autre. Cela peut nous faire penser à Louis XIV qui, à Versailles, faisait des fêtes magnifiques pour montrer la grandeur de la France.

La question est donc : Fait-on des cadeaux « gratuitement » sans attendre en retour des « contredons » ?

À retenir

« Quand on veut étudier les hommes, il faut regarder près de soi ; mais pour étudier l'homme il faut apprendre à porter sa vue au loin ; il faut d'abord observer les différences pour découvrir les propriétés. »

ROUSSEAU, *ESSAI SUR LES LANGUES* (POSTHUME)

TOP CHRONO
C'est l'interro !

EXERCICE **20 min.**

1. **Trouvez un exemple de cadeau qui ne vous semble pas gratuit. Faite le lien avec la Kula ou le Potlatch.** 5 pts/5 min.

....

....

....

2. **Pourquoi Lévi-Strauss veut étudier les sociétés lointaines ?** 3 pts/5 min.

....

....

....

3. **La Kula, c'est :** 2 pts/5 min.

   a. Un système d'échange commercial.

   b. Des échanges entre guerriers.

   c. Des échanges de colliers de coquillage pour garder contact.

4. **Pouvez-vous faire un parallèle entre le Potlatch et des échanges dans notre société ?** 5 pts/5 min.

....

....

....

Score .../15 pts

2ᵉ DÉBAT SUR LES ÉCHANGES : LE LANGAGE DES ANIMAUX EST-IL UN ÉCHANGE AUSSI RICHE QUE CHEZ LES HUMAINS ?

17

Le problème

Le langage est un système d'échange très riche entre les humains, bien au-delà de la simple communication. Nous appelons *langage* un système d'échange articulé qui permet l'expression de messages complexes, notamment à travers le *dialogue*. Les animaux communiquent entre eux. Mais ont-ils un vrai langage ? Nous allons voir en faisant attention à la définition des concepts.

Le dialogue entre les hommes

Aristote (384/322 av. J.-C.) définissait l'homme comme *animal politique* car selon lui les êtres humains ont la parole et peuvent échanger sur leurs conditions de vie. Nous allons voir quelles sont les conditions d'un tel échange :

- **Merleau-Ponty** (1908/1961), dans *La Phénoménologie de la perception* expliquait que pour qu'il y ait dialogue, il fallait « un terrain commun entre ma pensée » et celle des autres, c'est-à-dire que nous soyons d'accord sur le sens des mots avant de commencer le dialogue. Nous pouvons rajouter que parler ne s'apprend pas : l'enfant commence à comprendre en écoutant et en imitant sa famille. Si vous avez un animal de compagnie, le dialogue se limite à ce qu'il y a de commun avec lui : les sentiments. Pas les idées.
- **De Saussure** (1857/1913) créa une nouvelle discipline, *la linguistique*, qui permit de comprendre que le langage humain est riche car doublement *articulé* : il est constitué de sons fondamentaux (les phonèmes) et de signes : un signifiant (image acoustique) et un signifié (concept). Cette articulation permet avec un minimum de son de combinant un très grand nombre de sens possible, et rend le langage humain plus riche que celui des animaux. Par exemple un son, *é*, peut avoir plusieurs sens. Parler une langue n'est donc pas connaître des mots, mais reconnaître et distinguer des sons.

Les animaux

Le langage humain est très riche. Est-ce que c'est aussi le cas pour les animaux ? Prenons un cas particulier :

- Les abeilles sont les insectes qui ont le langage le plus sophistiqué (parmi ceux qu'on peut traduire) : Elles effectuent des danses en huit qui indiquent la distance et la direction vers un champ de fleurs. Le linguiste **Benveniste** (1902/1976)

explìqua que c'était un langage symbolique, car les danses ne dessinaient pas des fleurs mais communiquaient des informations abstraites. Les abeilles, après avoir vu la danse, sont toutes capables de retrouver le champ.

- Mais deux différences : les abeilles ne sont pas capables de reproduire la danse pour la montrer à d'autres abeilles (alors que nous pouvons répéter une parole entendue) et les abeilles ne communiquent qu'un type de message (alors que les hommes peuvent communiquer sur tous les domaines possibles). Le langage des abeilles est donc plus limité que celui des hommes.
- **Descartes** (1596/1651) dans une lettre adressée au Marquis de Newcastle expliqua que si les animaux avaient des idées, ils trouveraient un moyen de les communiquer. Car les hommes, même les plus idiots, le trouvent. Les animaux, en particulier les animaux domestiques adorent communiquer avec les hommes. Un cheval, par exemple, est capable de communiquer ses sentiments juste en bougeant ses oreilles. L'absence de parole (c'est-à-dire d'expression et d'échange à travers un dialogue) montre que les animaux n'ont pas de pensée selon Descartes.

À retenir

« Il me semble fort remarquable que la parole, étant ainsi définie, ne convient qu'à l'homme seul. »

DESCARTES, *LETTRE AU MARQUIS DE* NEWCASTLE (1646)

TOP CHRONO
C'est l'interro !

EXERCICE **40 min.**

1. **Essayez de trouver une distinction entre *langage* et *parole* ? Est-ce que les animaux utilisent la parole ? Répondez en 25 mots minimum.** 5 pts/15 min.

2. ***Le langage articulé*, c'est : ?** 2 pts/5 min.

   a. L'articulation entre deux idées

   b. l'articulation entre des signes et des sons.

   c. L'articulation entre les mains et la parole.

   d. L'articulation entre les animaux et les hommes.

3. **Décrivez le langage des abeilles et les différences avec le langage humain.** 3 pts/10 min.

   ....

   ....

   ....

4. **Pourquoi Descartes pense que les animaux n'ont pas d'idées ? Développez en 50 mots.** 5 pts/10 min.

   ....

   ....

   ....

Score .../15 pts

3e DÉBAT SUR LES ÉCHANGES : L'AMOUR ET L'AMITIÉ SONT-ILS LIBRES OU DÉTERMINÉS PAR LES RÈGLES SOCIALES ?

18

Le problème

Avoir des amis et être amoureux sont les sources principales du bonheur. Mais c'est aussi avoir une forme d'échange avec les autres que nous rencontrons. Est-ce que nous obéissons à des règles sociales, c'est-à-dire est-ce que nous pouvons tomber amoureux au hasard ou est-ce que c'est lié à des conditions sociales déterminées ?

Pour Aristote, l'ami est « une autre moi-même ».

Dans son livre, *Éthique a Nicomaque*, le philosophe grec explique que l'ami est un miroir :

- **« La bienveillance semble être le commencement d'amitié »** écrit-il au livre IX de son ouvrage. L'ami est celui qui va pouvoir nous aider, notamment dans la connaissance de soi qui est impossible seul : la preuve en est les reproches qu'on adresse aux autres mais qu'on est incapable de reconnaître en soi. « Quel plaisir de se connaître soi-même ! » et comme l'ami est un « autre soi-même », lui peut nous aider à nous améliorer.
- **Le principe d'égalité avec l'ami** est pour **Aristote** nécessaire dans la relation amicale. Ce point peut se comprendre de deux manières : il y a certes l'idée qu'on ne doit pas écraser l'autre, qu'on doit le respecter. Mais il y a aussi l'idée qu'on ne peut être ami qu'avec une personne qui, socialement, est à égalité avec nous. Explication : À l'époque d'**Aristote** il y avait les citoyens libres et les esclaves. Peut-on avoir de l'amitié avec un individu socialement inférieur et avec lequel nous pourrions entretenir des relations de domination ? Un pauvre peut-il être l'ami d'un riche, sans arrière-pensée intéressée ?
- **« Celui qui souhaite la prospérité d'autrui dans l'espoir d'en tirer profit »** n'est bien entendu pas un vrai ami, explique **Aristote**. Car il vise son intérêt et non celui de son ami.

C'est le même problème pour l'amour, sauf que l'amour introduit la notion de désir de l'autre :

- **Sartre** (1905/ 1980) dans *L'Être et le Néant* explique que désirer l'autre, c'est le réduire à l'état d'objet, objet de son désir. C'est « L'engluer » dans son désir. Si le désir est réciproque, cela semble plus juste, mais pour autant la comédie des

relations sociales fait qu'on maquille souvent son désir en jeu désintéressé. La finalité d'un couple, peut-être que ce n'est uniquement des égoïsmes cachés.

Adam Smith (1723/1790) dans *De la Richesse des Nations* (1776) va expliquer que toutes les relations humaines sont basées, à raison, sur *l'égoïsme* et le calcul de l'intérêt :

- « L'homme a presque continuellement besoin du secours de ses semblables » écrit-il. Mais ce n'est pas de la bienveillance qu'il faut attendre quoique ce soit et il ne faut pas mettre en avant leur humanité ou nos besoins ; il faut plutôt favoriser leur avantage. Cela va plus vite et permet une société plus harmonieuse : le boucher me nourrit car il veut gagner de l'argent et non pas parce qu'il est mon ami.
- Du coup la société se construit en strates qui correspondent à nos besoins : nous ne choisissons pas nos amis et nos amours au hasard, mais parce que cela correspond à des besoins sociaux déterminés. C'est la raison pour laquelle la majorité des mariages, par exemple, se font entre personnes qui ont le même secteur d'activité.

À retenir

« Donnez-moi ce dont j'ai besoin et vous aurez de moi ce dont vous avez besoin vous-même. »

ADAM SMITH, *DE LA RICHESSE DES NATIONS* (1776)

TOP CHRONO
C'est l'interro !

EXERCICE **40 min.**

1. **Reprenez la citation d'Adam Smith et trouvez un exemple qui la confirme et un exemple qui la réfute.** 5 pts/10 min.

....

....

....

2. **Peut-on être ami avec une personne plus riche que soi ? Trouvez au moins deux arguments pour défendre votre position.** 5 pts/10 min.

....

....

....

3. **Trouver la meilleure définition de *l'ami* selon Aristote.** 2 pts/5 min.

   a. L'ami est celui qui est un autre moi-même.

   b. Parce que c'est lui, parce que c'est moi.

   c. L'ami cherche à exploiter ma richesse.

4. **Imaginez la société décrite par Adam Smith et demandez-vous si elle peut être harmonieuse, en 50 mots.** 8 pts/15 min.

....

....

....

Score .../20 pts

FICHE RECAPITULATIVE : LA CULTURE

19

Rôle de cette fiche

La philosophie ne s'apprend pas, expliquait Kant. Cela veut dire que cela ne sert à rien d'apprendre par cœur des connaissances. Du moins cela ne suffit pas. Pour faire une bonne dissertation ou explication de texte, il faut relier les questions qu'on vous pose avec les problèmes philosophiques vus en cours d'année. Si vous faites ce lien, vous aurez appris non pas *la philosophie*, mais à *philosopher*.

Nous allons donc voir les **problèmes philosophiques** liés aux chapitres précédents (fiches 7 à 18) regroupés sous le thème de la culture.

L'inné et l'acquis

Le problème de la culture est donc celui de la distinction entre *l'inné* et *l'acquis*, c'est-à-dire ce qui est *naturel* et *culturel*. Nous avons vu :

- **Que nous ne pouvions pas fixer de limite claire entre la nature et la culture.** La nature de l'homme, c'est sa culture. Ce qui veut dire que nous sommes totalement liés à notre environnement social.
- **Les cultures s'opposent et s'affrontent**. Parce que notre jugement est lié à notre *point de vue culturel*, nous avons tendance à considérer que ce qui est un *jugement de valeur* est un *jugement de vérité* et on s'oppose aux autres réalités culturelles (ce que Huntington a appelé le *Choc des civilisations*).
- **Il y a le problème de la hiérarchie des cultures** : Qu'est-ce qui mérite d'être conservé ? Si je veux être cultivé, qu'est-ce que je dois privilégier ? Se cultiver, n'est-ce pas rejeter certaines formes de culture qu'on considère comme indigne ?

L'art peut-il se passer de la technique ?

Le mot « *art* » a plusieurs sens. Il y a les Beaux-Arts mais aussi les métiers d'art, c'est-à-dire la maîtrise de techniques pour créer. (Créer un meuble ou construire un pont). Le problème principal va donc être de fixer des définitions :

- **Car l'art peut recouvrir des formes très différentes**. Notamment l'art contemporain qui pose le problème de la « désacralisation du sublime » ! Nous pouvons nous demander, par exemple, si la Fontaine de Marcel Duchamp (en réalité un urinoir posé sur un socle) est encore de l'art.

- **Car la technique** est nécessaire pour créer. Mais aujourd'hui la technique est devenue autonome et peut faire peur : Nous sommes dans une société devenue *technocrate* et certains philosophes (Heidegger entre autres) sont *technophobes*.
- **Car la technique ne suffit pas pour être artiste** : il faut distinguer entre *virtuosité* et *génie* : on est virtuose lorsqu'on maîtrise une technique, mais cela ne suffit pas pour *créer*. Un génie c'est une personne qui crée quelque chose d'original et qui peut servir de modèle à ses successeurs.

Les échanges sont un phénomène culturel humain ?

Les animaux n'échangent pas même s'ils peuvent vivre en société, car l'échange implique *rationalité, individualisme* et *socialisation*. Les échanges obéissent à des règles non écrites. Quelles sont ces règles et peut-on y échapper ?

- **Donner n'est jamais gratuit** : on donne en attendant un contredon. On ne donne pas à n'importe qui. Personne ne peut transgresser ces règles sans être « puni » socialement.
- **Le langage** c'est maîtriser un code linguistique mais aussi social. C'est en même temps la liberté de l'expression. Les animaux *communiquent* mais ne parlent pas. La différence est essentielle.
- **Être un ami ou un amoureux** obéit également à des règles sociales. C'est ce qu'on appelle le *déterminisme social*. Sommes-nous encore libres ? C'est toute la question posée par la *sociologie*.

À retenir

« L'homme est un être culturel par nature, car il est un être naturel par culture. »

EDGAR MORIN, *LE PARADIGME PERDU* (1937)

TOP CHRONO
C'est l'interro !

EXERCICE **30 min.**

1. **Donnez au moins trois grands problèmes philosophiques rencontrés dans cette partie du programme.** 4 pts/5 min.

   a. ....

   b. ....

   c. ....

2. **Expliquez ce qu'est l'ethnocentrisme.** 4 pts/5 min.

....

....

....

....

3. **Qu'est-ce que l'art de nos jours ?** 2 pts/5 min.

   a. c'est une activité technique.

   b. c'est une création esthétique qui n'a pas besoin d'être utile.

   c. ce n'est rien car l'art est mort.

   d. C'est faire une œuvre divertissante et belle.

4. **Expliquez dans ce court paragraphe (4 lignes/ 50 mots) ce qui fait que l'homme est un être culturel.** 5 pts/10 min.

....

....

....

....

5. **Trouvez ce qui pose problème, c'est-à-dire pourquoi on ne peut pas directement répondre par oui ou par non à la question suivante, en vous appuyant sur les problèmes expliqués dans cette fiche :** 5 pts/5 min.

Peut-on juger la culture des autres ?

....

....

....

....

Score .../20 pts

LA VÉRITÉ

20

Difficulté à définir un terme de la vie courante :

La vérité peut se définir comme « l'accord entre une connaissance et son objet » (définition de Kant), c'est-à-dire que connaître la vérité c'est avoir une connaissance objective et vérifiée des faits.

La ***Réalité n'est ni vraie ni fausse.*** Ce qui est vrai, c'est le jugement que je porte sur cette réalité. Par exemple lorsque je me trompe sur la couleur de la porte de ma voiture, c'est parce que *moi* j'ai un souci de vue et ce que *je vois* qui est faux, ce que *je pense* qui est erroné.

La vérité doit être universelle, c'est-à-dire qu'elle doit être la même pour tous. Autrement ce n'est pas qu'une opinion, un point de vue. Il ne faut pas confondre les deux.

Nous allons voir comment mieux définir cette distinction.

La vérité s'oppose à l'erreur.

L'erreur, c'est lorsque notre jugement est faible et s'est trompé : Par exemple dans un raisonnement mathématique nous faisons une erreur lorsqu'on n'a pas suivi exactement les étapes du calcul. Cela implique donc que c'est notre *raison* qui est faible. Mais cela peut être une erreur de perception (de nos 5 sens). Deux écoles de philosophies vont s'opposer :

- Les sceptiques avec leur fondateur, **Pyrrhon d'Elis** (360/270 av. J.-C.), pensaient qu'on ne pouvait jamais faire confiance à notre raison. Ils proposent un épochè, c'est-à-dire une suspension de jugement : peut-être ne pourra-t-on jamais connaître la vérité.
- **Descartes**, le philosophe français du XVIIe siècle, au contraire, pense qu'avec une méthode sûre, on ne pourrait jamais se tromper. Pour lui, « le bon sens est la chose du monde la mieux partagée » et le bon sens est l'art de distinguer le vrai du faux. Il suffit juste d'aiguiller correctement ce bon sens.

La vérité s'oppose au mensonge.

Le mensonge nécessite que le menteur connaisse la vérité et décide de la cacher. Le mensonge est donc une manipulation et suppose que le menteur ait face à lui un (ou plusieurs interlocuteurs) qui lui fasse *confiance*. Le mensonge est donc une relation avec l'autre, ce qui rend difficile l'idée que quelqu'un puisse *se mentir à*

soi-même. Il faut pour cela à la fois connaître la vérité, décider de se la cacher et l'oublier ! Pourtant de tels mécanismes psychologiques existent.

- **En politique** le mensonge se révélera comme une arme en politique, car il permet de jouer sur les apparences.
- **En morale** il pose également un certain nombre de problèmes car il implique de devoir définir *qui a le droit à la vérité*.

La vérité s'oppose enfin à l'illusion.

– **L'illusion a pour caractéristique de ne pas disparaître après avoir été découverte !** Par exemple nous savons que le soleil est plus grand que la terre et qu'il ne tourne pas autour. Mais ce n'est pas pour autant que l'illusion disparaît. Cela nous amène à considérer que les apparences peuvent cacher la vérité :

- **Dans la célèbre *Allégorie de la Caverne,* Platon** (428/348 av. J.-C.) montre comment les hommes préfèrent vivre dans les illusions, comment on peut ne pas vouloir la vérité.
- **Il peut y avoir un désir de s'illusionner**, c'est d'ailleurs ce qui se passe lorsque nous assistons à un spectacle de magie : nous savons que tout est faux et pourtant nous ne voulons pas connaître les « trucs ». Nous verrons que ces mécanismes ont pour origine une volonté de se rassurer.

Nous reverrons ces trois problèmes au cours des fiches n° 21,22 & 23.

À retenir

« Vrai et faux sont des attributs de la parole et non des choses. Là où n'est point de parole, il n'y a ni vérité ni fausseté. »

THOMAS HOBBES, *LE LÉVIATHAN* (1651)

TOP CHRONO
C'est l'interro !

EXERCICE **30 min.**

1. Donnez la définition de la vérité. 2 pts/5 min.

2. Expliquez pourquoi la *réalité* n'est ni *vraie* ni *fausse*. 2 pts/5 min.

3. Qu'est-ce qu'une illusion ? 2 pts/5 min.

a. c'est un mensonge.

b. c'est un mensonge qu'on se fait à soi-même

c. c'est une erreur qui persiste même lorsqu'elle est découverte.

d. C'est une erreur qui persiste car on nous a menti.

4. Expliquez dans ce court paragraphe (4 lignes/ 50 mots) pourquoi il est difficile de se mentir à soi-même. 5 pts/10 min.

5. Trouvez ce qui pose problème, c'est-à-dire pourquoi on ne peut pas directement répondre par oui ou par non à la question suivante, en vous appuyant sur les problèmes expliqués dans cette fiche : 4 pts/5 min.

Peut-on ne pas vouloir la vérité ?

....

....

....

....

Score .../15 pts

1er DÉBAT SUR LA VÉRITÉ : COMMENT PEUT-ON DÉMONTRER UNE NOUVELLE VÉRITÉ, PAR EXEMPLE EN SCIENCE ?

21

Le problème

La science énonce des vérités, c'est-à-dire qu'elle propose des théories dont nous pouvons avec confiance dire qu'elles décrivent la réalité. Pourtant l'histoire de la science fut celle aussi des grandes erreurs. Se poser la question de la découverte de la vérité va nous permettre de poser celle de l'erreur : comment peut-on ne pas se tromper ?

Les faits : Galilée démontre la révolution de la Terre.

Si on regarde le ciel, on voit le soleil tourner autour de la Terre. Cette illusion fut à l'origine d'une des plus grandes erreurs de l'histoire de la science, ***le géocentrisme***. Cette théorie qui plaçait la terre au centre du Cosmos fut considérée comme la vérité pendant des millénaires, au nom de la définition même de la vérité scientifique : une théorie vraie est une théorie qui explique ce qu'on peut observer. Or, à l'œil nu ce qu'on voit, c'est le soleil tourner autour de la terre. Cette théorie, le géocentrisme, est cohérente et assez sophistiquée. Et pourtant elle est fausse. Voyons comment Galilée en 1610 put le démontrer :

- **Nicolas Copernic** en 1543 publia une thèse mathématique nommée ***héliocentrisme***, où il proposait un système cosmique avec le soleil au centre de tout. Sa thèse fut unanimement rejetée, car elle ne correspondait toujours pas à ce qu'on pouvait observer. D'ailleurs Copernic expliquait que son modèle n'avait de valeur que théorique, pour faciliter certains calculs. Il ne resta peu connu jusqu'en 1610, date à laquelle Galilée allait intervenir.
- **Galilée** (1564/1642) était professeur de physique à Pise lorsqu'il commença à observer le ciel à l'aide d'une lunette astronomique. D'abord la Lune, puis les lunes de Jupiter, puis Venus. Il s'aperçut que ce qu'il observait ne pouvait pas être expliqué par le Géocentrisme. Il choisit plutôt d'utiliser l'héliocentrisme et il soutint que *la terre tourne autour du Soleil,* bien qu'il n'eût jamais pu l'observer directement. Là encore la théorie choisie (celle de Copernic) fut celle qui lui permettait le mieux d'expliquer ce qu'il observait. L'erreur a donc été dépassée grâce aux progrès de l'observation. Ce progrès fut un des plus remarquables de la science moderne. Néanmoins il ne faut pas croire qu'avant Galilée les scientifiques étaient des imbéciles. Ils faisaient juste des erreurs. Deux explications s'opposent pour comprendre pourquoi l'erreur peut exister en science :

L'obstacle épistémologie

En 1934 le philosophe français **Bachelard** défendit la thèse que les erreurs ont pour origine des obstacles « *internes* » à l'esprit humain. Un esprit lorsqu'il se présente à la connaissance n'est pas vierge, il a « l'âge de ses préjugés ». Par exemple l'expérience quotidienne (ce qu'on voit ou on entend) est vectrice d'illusions qu'il faut apprendre à détruire avant d'aborder la vérité. C'est ce qu'a dû faire Galilée lorsqu'il découvrit les lois de la chute des corps et l'inertie : il devait convaincre ses contemporains que ce qu'ils voyaient était porteur d'inepties. Pour Bachelard, l'erreur peut donc être dépassée de manière ***objective*** et définitive.

L'interprétation du physicien.

Albert Einstein et Léopold Infeld, dans un livre intitulé *L'évolution des Idées en physique* (1928) expliquent que les théories scientifiques ne sont que de « libres créations de l'esprit » et précisent qu'il faut rester modeste lorsqu'on parle de vérité en science. Ils font une *analogie* pour expliquer cela : le physicien serait comme un horloger qui verrait des phénomènes visibles (parallèle entre la course des aiguilles d'une montre et le mouvement des planètes dans le ciel) mais qui ne pourrait pas ouvrir le boitier pour observer le mécanisme qui en est la cause. Le physicien doit ***imaginer les lois de la nature*** qui sont invisibles. C'est la raison pour laquelle il faut y avoir des erreurs et des évolutions ! Cette thèse suppose donc qu'il y a de la ***subjectivité*** dans la vérité scientifique.

À retenir

« Le réel n'est jamais ce qu'on pourrait croire, mais il est toujours ce qu'on aurait dû penser. »

GASTON BACHELARD, *LA FORMATION DE L'ESPRIT SCIENTIFIQUE* (1938)

TOP CHRONO
C'est l'interro !

EXERCICE **30 min.**

1. **Cherchez dans le dictionnaire la définition de subjectivité et objectivité. Lequel des deux qualifie le mieux la vérité scientifique ?** 5 pts/10 min.

   ....

   ....

   ....

2. **Résumez comment Galilée a démontré que Copernic avait raison.** 3 pts/5 min.

   ....

   ....

   ....

3. **Pour Bachelard l'origine de l'erreur, c'est :** 2 pts/5 min.

   a. Les préjugés acquis en cours de science.

   b. Les préjugés acquis au cours de nos expériences quotidiennes.

   c. Les préjugés racistes des nazis.

4. **Expliquez l'analogie d'Einstein et Infeld et essayez de trouver un autre exemple de théorie scientifique qui y correspond.** 5 pts/10 min.

   ....

   ....

   ....

Score .../15 pts

2e DÉBAT SUR LA VÉRITÉ : A-T-ON LE DROIT DE MENTIR PAR HUMANITÉ ?

22

Le problème

Mentir, c'est-à-dire cacher volontairement la vérité, peut-il être moral ? Peut-on faire le Bien lorsqu'on ment à quelqu'un, si on croit ainsi le protéger ? Ou faut-il mentir aux autres lorsqu'il s'agit de protéger une victime ? Par exemple au cours de la 2nde guerre mondiale, on a appelé les « Justes » ceux qui ont menti pour cacher des Juifs. Aujourd'hui des citoyens cachent des immigrés pour qu'ils ne soient pas ramenés à la frontière. Pourquoi cette attitude est (ou pas) morale ? Deux philosophes contemporains, Kant et Constant, vont débattre sur ce sujet.

➠ Qu'est-ce que la morale ?

Kant (1724/1804) définit la morale comme une série de maximes qui nous permettent de faire le Bien si et seulement si nous avons l'intention de faire le Bien. Cette maxime doit pouvoir être l'objet d'une *loi universelle*, c'est-à-dire convenir à tous.

- **Kant** prend l'exemple d'un commerçant : Imaginez qu'un petit garçon (qui ne sait pas encore compter) vient acheter quelque chose avec un gros billet. Le commerçant lui rend la monnaie. S'il le fait parce qu'il a peur des répercussions s'il trompe le petit, ce qu'il fait n'est pas moral. Si en revanche il le fait parce qu'il trouve que c'est son devoir, alors même qu'il pourrait tromper l'enfant sans crainte, il fait preuve d'un véritable esprit moral.
- **Le mensonge**, pour Kant, ne peut être moral, puisqu'il s'agit de tromper l'autre (même si c'est pour son bien). Et on ne peut pas vouloir que le mensonge devienne une loi universelle, car dans ce cas cela voudrait dire qu'on sait que l'autre nous ment (puisque ce sera une loi) et logiquement son mensonge sera impossible !
- **Constant** (1761/1830) en lisant ces explications, proposa à Kant un cas particulier : Imaginez que vous êtes chez vous. Un homme rentre, l'air apeuré. Il se réfugie sous votre lit. Un 2e homme arrive, armé d'un bâton, l'air menaçant, et demande qui est rentré chez vous. Que devez-vous faire ? Dénoncer la victime ?

Les deux philosophes vont défendre deux positions antagonistes :

➠ Benjamin Constant et *le droit à la vérité*

Le philosophe français explique que dire la vérité ne doit pas nuire à autrui pour être moral. Il se réfère au concept de *véracité*, et dit que *tout le monde n'a pas le droit*

à la vérité. Un meurtrier n'a pas le droit qu'on lui dise la vérité. Faire de la vérité un devoir absolu rendrait toute vie en société impossible car les conséquences de ses actes sont au moins aussi importantes que les bonnes intentions qui les président.

Emmanuel Kant et *devoir de vérité*

Le philosophe allemand n'est absolument pas d'accord avec le français. Selon lui, savoir *qui a le droit à la vérité* implique de s'octroyer le droit de juger. Qui sommes-nous pour savoir qui a et qui n'a pas le droit de connaitre la vérité ? Sommes-nous des dieux ? Non juste des êtres humains. Donc, dans le doute il vaut mieux dire toujours la vérité. D'autant plus qu'un tribunal peut vous condamner si votre mensonge entraine la mort de quelqu'un ; mais il ne peut pas vous condamner si vous dites la vérité ! Dernier argument de Kant : autoriser 1 fois le mensonge rend possible tous les autres mensonges, car il y aura toujours de bonnes raisons pour le justifier (raisons subjectives d'ailleurs). Donc votre mensonge engage l'humanité tout entière, qui aura le droit dès lors de mentir. Ne mentez pas ; Par contre protégez la victime.

À retenir

« Agis toujours de telle sorte que tu puisses vouloir que ta maxime devienne une loi universelle. »

KANT, *CRITIQUE DE LA RAISON PRATIQUE* (1788)

TOP CHRONO
C'est l'interro !

EXERCICE **35 min.**

1. **Choisissez le philosophe avec lequel vous êtes d'accord et donnez ses principaux arguments.** 5 pts/10 min.

2. *Le mensonge*, c'est : 2 pts/5 min.

   a. Vouloir cacher la vérité car on ne la connaît pas.

   b. Vouloir cacher la vérité car on veut manipuler quelqu'un.

   c. Vouloir cacher la vérité car on veut faire le Bien.

   d. Vouloir cacher la vérité car elle fait peur.

3. **Donnez les raisons pour lesquelles un tribunal pourrait vous reprocher de dire la vérité. Est-ce que votre réponse est un argument fort pour Kant ou pour Constant ?** 4 pts/10 min.

4. **Quelle est la différence entre la vérité et la véracité ? Est-ce que vous êtes d'accord avec une telle distinction ?** 5 pts/5 min.

....

....

....

5. **Trouvez une raison pour laquelle il n'est pas facile de répondre au problème proposé par Constant. (Si vous en trouvez une, cela veut dire que vous avez compris le problème philosophique que cela suppose.)** 4 pts/10 min.

....

....

....

Score .../20 pts

3e DÉBAT SUR LA VÉRITÉ : PEUT-ON PRÉFÉRER LES ILLUSIONS À LA VÉRITÉ ?

23

Problème : Qu'est-ce qu'une illusion ?

Entre l'erreur qui est involontaire et le mensonge qui est volontaire, l'illusion se situe à mi-chemin : Quand on se fait des illusions, ce n'est pas volontaire. Mais elles ne disparaissent pas même si on peut les identifier. Parfois même on cultive ses illusions, notamment en se mentant à soi-même.

Platon (428/348 av. J.-C.), dans *La République*, a proposé une théorie célèbre, ***L'allégorie de la Caverne***, qui peut nous expliquer pourquoi l'illusion est si présente dans nos sociétés.

Description de la caverne

La République est un livre politique qui pose la question de la Justice dans la société. Selon Platon la démocratie n'est pas le meilleur des systèmes car il empêche les citoyens de penser par eux-mêmes. C'est dans cet axe problématique qu'il va proposer une vision de la réalité originale :

- Imaginez des prisonniers au fond d'une caverne ; ils y sont depuis leur enfance, enchaînés et ne pouvant regarder que devant eux. Derrière il y a des montreurs de marionnettes qui parlent entre eux, et l'ombre de leurs marionnettes est projetée sur le mur face aux prisonniers grâce à la lumière d'un feu. Pour Platon, il est évident que les prisonniers croient que les ombres sont *la vérité* et que les voix qu'ils entendent sont celles des ombres.
- Un des prisonniers est libéré et on le force à tourner la tête. Il souffre à un double titre : déjà car il n'a pas l'habitude de faire fonctionner ses muscles, mais aussi car il est ébloui par le feu. Peu à peu il s'aperçoit de la supercherie et il décide de sortir de la caverne, pour découvrir la lumière du soleil, et, par opposition, la misère dans laquelle il se trouvait auparavant.
- Il veut donc naturellement revenir au fond de la caverne délivrer ses anciens compagnons. Mais là il doit déchanter : Non seulement il n'est pas pris au sérieux par les autres (maladroit dans l'obscurité de la caverne, il ne parvient pas à les convaincre que dehors c'est mieux) ; mais de plus les prisonniers veulent le tuer, au lieu de le suivre.

Les interprétations possibles de cette allégorie

Une allégorie est une explication *imagée* d'une théorie. Cela veut donc dire que chaque point peut être interprété et donner du sens :

- Les prisonniers, ce sont *nous* ! Nous sommes prisonniers et les chaînes symbolisent nos *préjugés*. Les ombres projetées auxquelles les prisonniers croient sont nos *illusions*. Les montreurs de marionnettes sont les personnes qui ont intérêt à ce qu'on ne découvre pas la vérité. Ce sont ceux que Platon appelle des ***Sophistes***, c'est-à-dire des intellectuels qui utilisent leur pouvoir (notamment la rhétorique, l'art de faire des beaux discours) pour nous manipuler. Le prisonnier qui réussit à s'enfuir et qui veut libérer les autres est le *philosophe*.
- La thèse de Platon est multiple. Mais c'est d'abord un discours pessimiste sur notre rapport à la vérité : peu de gens aiment réellement la vérité. Du moins, s'il y a des illusions plus confortables, qui rendent plus heureux, il n'y a aucune raison de les abandonner. Selon Platon les hommes préfèrent le ***doxa*** (c'est-à-dire l'opinion fausse) à la vérité.
- Cette théorie a aussi des accents politiques : comme les hommes aiment être manipulés, cela ne sert à rien de promouvoir la démocratie. Il vaut mieux une *aristocratie* (gouvernement des meilleurs) où les philosophes dirigeront les autres dans le sens de la vérité. Car les citoyens ne *veulent* pas penser par eux-mêmes et découvrir la vérité. Platon l'explique par le fait qu'*apprendre* fait souffrir. Il ne pense donc pas que la plupart des hommes préfèrent la vérité aux illusions.

À retenir

« Les hommes ne veulent pas ce qu'ils font, mais ce en vue de quoi ils font ce qu'ils font. »

Platon, *Gorgias* (IVe siècle av. J.-C.)

TOP CHRONO
C'est l'interro !

EXERCICE **35 min.**

1. **Dessinez la caverne telle qu'elle est décrite par Platon. À quelle forme de spectacle moderne cela vous fait penser ?** 4 pts/15 min.

....

....

2. **Retrouvez les deux arguments principaux dégagés par Platon pour dire pourquoi les hommes ne veulent pas la vérité.** 4 pts/5 min.

   a. ....

   b. ....

3. **Platon est pessimiste car (plusieurs réponses possibles) :** 2 pts/5 min.

   a. tout le monde veut faire de la philosophie et sortir de la caverne.

   b. tout le monde veut tuer celui qui veut les délivrer de la caverne.

   c. les sophistes sont des philosophes qui veulent cacher la vérité.

   d. tout le monde préfère les illusions à la vérité.

4. **Essai personnel : en 50 mots, expliquez en quoi notre société moderne peut ressembler à la caverne. Qui seraient les sophistes aujourd'hui ? Est-ce que la démocratie fonctionne bien de nos jours ? Préfère-t-on la vérité à nos illusions ?** 10 pts/10 min.

....

....

Score .../20 pts

LA RAISON ET LA CROYANCE 24

Deux dispositions de l'esprit contradictoires

La raison est la faculté d'avoir un raisonnement -rationnel et/ou raisonnable- c'est-à-dire de lier des idées entre elles pour aboutir à une conclusion sur le futur : Je sais qu'il va pleuvoir car il y a des nuages ; je sais que pour avoir le baccalauréat je dois travailler. Globalement de tels raisonnements ne sont pas accessibles aux autres animaux.

La croyance représente à l'inverse une *opinion* incertaine et/ou l'adhésion à des vérités qui ne sont pas démontrées (par exemple la foi religieuse).

La raison devrait dominer les croyances, mais souvent les deux s'opposent ou se complètent. La religion, par exemple, n'a pas disparu malgré le développement de la science.

Nous allons voir pourquoi ces deux notions sont liées à la nature humaine.

➠ Être raisonnable ou rationnel.

Être raisonnable c'est comprendre que notre comportement doit obéir à une logique minimale. Être rationnel c'est calculer en suivant cette même logique les conséquences de son acte ou de son raisonnement. Cela fait appel à deux formes de raisonnement pour anticiper ce qui va arriver : *L'induction et la déduction*

- **L'induction** consiste à collecter des faits et de deviner qu'ils vont continuer à se répéter. Une poule est capable de faire des inductions : si chaque matin vous la nourrissez, elle devinera que vous la nourrirez demain (sauf si vous décidez de la manger. Mais ça, elle ne peut pas l'anticiper). De la même manière, si vous lui coupez la tête, vous *induisez* qu'elle va mourir. (Ce qui 1 fois n'arriva pas ! : en 1945 dans le Colorado (USA) un coq décapité réussit à survivre plusieurs semaines.)
- **La déduction** est la capacité de partir d'une loi générale pour en déduire des conséquences à l'avance. Ainsi la loi de l'attraction découverte par Newton en 1690 a permis de prévoir que le poids d'Armstrong serait divisé par 6 sur la Lune. Bien entendu les animaux sont incapables d'élaborer un raisonnement et cela fait l'apanage de l'humanité (qui a développé la science).

➠ La raison s'oppose aux croyances.

La croyance semble être une faiblesse de l'esprit face à la rationalité. Au XIXe siècle certains penseurs (notamment Marx) ont même pronostiqué la fin des croyances. Mais force est de constater qu'aujourd'hui ce n'est pas le cas. Pourquoi ?

- **La raison est différente de la croyance** : Croire ne nécessite pas de raisonner ou de démontrer. Par exemple Abraham (le père du monothéisme) ne raisonnait pas lorsque Dieu lui commanda de sacrifier son fils Isaac. Il obéit car il avait la foi ! Il n'avait pas besoin de preuves ou d'arguments, même si son angoisse pouvait le meurtrir.
- **La croyance permet-elle de découvrir d'autres formes de vérité ?** Blaise Pascal (1623/1662) scientifique et homme de foi expliquait qu'il y avait deux types de connaissances : les connaissances de *raison* et les connaissances de *cœur* : le cœur permet d'accéder aux intuitions et aux vérités indémontrables : pourquoi par exemple vouloir démontrer que 1 + 1 = 2 ? À rien.

➠ Pourquoi ne peut pas se passer de la croyance ?

- **Karl Marx** (1818/1883) dénonçait la religion comme *opium du peuple* ; Il considérait que la croyance (religieuse) n'existait que parce que notre vie était misérable. Améliorez leur existence et la foi disparaîtrait ! À l'inverse **André Malraux** (1901/1976) prétendit que le XXIe siècle serait religieux. Qui a raison ? Voilà un début d'explication :
- **La croyance** apporte de l'espoir : elle calme des angoisses. Elle permet d'apporter des réponses simples à des questions complexes. Le philosophe Spinoza (1632/1677) expliquait donc que le couple espoir/crainte) explique l'adhésion des êtres humains aux croyances.

➠ À retenir

« Deux excès : exclure la raison, n'admettre que la raison. »

Blaise Pascal, *Pensées* (posthume)

TOP CHRONO
C'est l'interro !

EXERCICE **30 min.**

1. **Donnez la définition de la raison.** 4 pts/5 min.

2. **Expliquez pourquoi la raison peut s'opposer à la croyance.** 4 pts/5 min.

3. **Qu'est-ce qu'une induction ?** 2 pts/5 min.

   a. C'est un mensonge.

   b. C'est un raisonnement qui part d'une loi générale.

   c. C'est une erreur de raisonnement.

   d. C'est un raisonnement qui part d'un cas et le généralise en loi.

4. **Expliquez dans court ce paragraphe (4 lignes/ 50 mots) ce qui est spécifique dans la croyance.** 5 pts/10 min.

5. **Trouvez ce qui pose problème, c'est-à-dire pourquoi on ne peut pas directement répondre par oui ou par non à la question suivante, en vous appuyant sur les problèmes expliqués dans cette fiche.** 5 pts/5 min.

   La rationalité permet-elle de tout connaître ?

Score .../20 pts

1er DÉBAT SUR RAISON ET CROYANCE : LA SCIENCE PEUT-ELLE TOUT EXPLIQUER RATIONNELLEMENT ?

25

Le problème

La science aujourd'hui est toute-puissante : elle explique tout et dans presque tous les domaines : La physique, mais aussi la psychologie et la sociologie. Simplement peut-on considérer que *tout doit être expliqué scientifiquement* ? N'y a-t-il pas d'autres modes d'explication ?

Qu'est-ce qu'une explication scientifique ?

La science est une *explication rationnelle* du réel, c'est-à-dire qu'elle permet de décrire ce qui se passe, mais surtout de *prévoir* ce qui va se passer en déterminant des relations de cause à effet entre les phénomènes. Elle établit ainsi des lois mathématiques qui ont une portée universelle :

- Les Grecs avaient conceptualisé la notion de ***loi scientifique*** en expliquant que la nature (*phusis* en grec, ce qui a donné science *physique* en français) obéissait à des principes internes (et invisibles). La loi scientifique décrit ces principes. Par exemple la génétique décrit comment le vivant peut se reproduire et croître selon les mêmes codes.
- **Galilée** (1564/1642) expliquait que « *La nature est écrite en langage mathématique* », ce qui veut dire que grâce aux mathématiques on peut expliquer ce qui se passe dans tout l'univers. Cela suppose qu'on ne décrive que des quantités : des forces, des positions, des masses et des vitesses. La science moderne, pour être efficace, a limité son explication à un « *comment des quantités changent* » et en abandonnant toute prétention à savoir *pourquoi* est-ce ainsi.
- **Pierre Simon de Laplace** (1749/1827) mathématicien français a prédit que la science pourrait avoir le savoir absolu si à un moment donné un être supérieur (ce pourrait être aujourd'hui un ordinateur supérieur) pouvait connaître la position, la masse et la vitesse de tout ce qui existe. Il pourrait alors expliquer tout le passé, le présent et prédire le futur. La science le peut-elle ? Nous allons voir cela avec un très grand scientifique (entre autres il a découvert et mesurer la pression atmosphérique) : **Blaise Pascal**.

« Le cœur a des raisons que la raison ignore. »

Cette phrase de **Blaise Pascal** (1623/1662) est souvent mal comprise, car elle n'évoque pas l'amour. Le cœur est cette deuxième faculté à côté de la rationalité que nous pourrions associer à l'intuition. **Pascal** lui donne même une dimension religieuse ! En quoi cela consiste-t-il ?

- Tout d'abord **Pascal** dénonce la tentation de tout démontrer et rationaliser, même en science : Il y a des intuitions qui suffisent. Par exemple dire que le Temps existe, avec le passé et le futur, suffit à lui-même. Si vous voulez tout rationaliser, certains philosophes (Comme **Thomas d'Aquin** (1225/1274) ou **Montaigne** (1533/1592) arrivent à dire que seul le présent existe (le passé a disparu et on attend le futur), mais le temps de le dire le présent est déjà du passé. Ce qui est destructeur pour nos esprits.
- **Pascal** fait aussi une distinction entre ***l'esprit de géométrie*** qui calcule tout et qui a besoin qu'on lui démontre tout, et ***l'esprit de finesse*** capable de saisir des vérités sans comprendre pourquoi il le sait. Selon le jeune génie français, l'esprit de finesse est au moins aussi important pour permettre de voir progresser le savoir humain. Selon lui l'esprit de finesse peut utiliser des raisonnements de l'esprit géomètre, mais la réciproque n'est pas possible. Ce qui veut dire en clair que la rationalité ne peut pas tout expliquer, y compris en mathématiques. Par exemple l'esprit « *sent* » que les nombres sont infinis et n'a pas besoin de démonstration pour cela.

À retenir

« Le commencement de toutes les sciences, c'est l'étonnement de ce que les choses sont ce qu'elles sont. »

ARISTOTE, *MÉTAPHYSIQUE* (IVe SIÈCLE AV. J.-C.)

TOP CHRONO
C'est l'interro !

EXERCICE **30 min.**

1. Qu'est-ce que l'esprit de finesse ? Trouvez un exemple pour l'expliquer.
5 pts/5 min.

....

....

....

....

2. Expliquez la phrase « la nature est écrite en langage mathématique ».
3 pts/5 min.

....

....

....

....

3. Une loi scientifique, c'est : 2 pts/5 min.

a. Comme une loi humaine : votée par les députés.

b. La description de rapports entre 2 ou plusieurs phénomènes naturels.

c. Ce qui est décrit dans la Genèse biblique.

4. Débat : en 50 mots, demandez-vous s'il serait possible qu'un ordinateur ait le savoir absolu ? Pourquoi ? Comment ? 5 pts/15 min.

....

....

....

....

Score .../15 pts

2e DÉBAT SUR RAISON ET CROYANCE : POURQUOI SOMMES-NOUS SUPERSTITIEUX ?

26

Le problème

La superstition était le premier mode d'explication à l'époque de l'antiquité. Ulysse, raconte Homère, n'a pas pu rentrer chez lui car il n'avait pas rendu hommage à Poséidon. C'est une explication superstitieuse, qui devrait nous paraître dépassée. Mais aujourd'hui, alors que la science a progressé, comment et pourquoi la superstition reste un mode d'explication encore très vivace ?

Qu'est-ce que la superstition ?

La superstition est la capacité de trouver des signes qui nous permettent d'accéder au sens caché de la réalité. Elle suppose que le monde a une dimension obscure et que tout obéit à une logique mystérieuse.

- **La superstition** fut longtemps une forme d'explication du monde plus puissante que la science ; elle exista même avant la science au début de l'humanité. Elle permit aux prêtres de calmer les angoisses des hommes en donnant du *sens* à la réalité et croire que tout n'arrive pas par hasard.
- **La superstition** aujourd'hui continue à exister car elle permet d'établir des *rites*. Elle n'a plus le même rôle explicatif et ne prétend pas remplacer la science. Mais elle garde son effet calmant : si on agit selon un ordre bien précis, avec des gestes prévus, on évite les errements du « destin ».
- **La superstition** est donc liée à une *croyance* religieuse : il y a des forces ou des dieux qui nous dépassent ; et nous devons respecter leurs règles pour être saufs et heureux. La superstition à cet égard s'oppose radicalement à la rationalité.

Les causes de la superstition

Deux philosophes ont réfléchi à la superstition : Cicéron et Spinoza. Ils apportent deux causes différentes, mais tous deux sont assez pessimistes sur la disparition de la superstition :

- **Cicéron** (106/43 av. J.-C.) est un orateur latin et il écrivit un ouvrage, *De la divination* pour dénoncer les abus de la superstition. Sa définition de la superstition est la crainte et l'espoir de l'action des dieux. C'est donc un *sentiment* qui est à l'origine de la superstition, et non un raisonnement. Par ailleurs, même si la superstition implique l'idée que les dieux existent, pour Cicéron la superstition est dangereuse pour la foi religieuse. La religion est un *culte* des dieux (notamment

en célébrant la beauté du monde), alors que la superstition est une attente que les dieux s'occupent de nous. Ce qui n'est pas la même chose ! La superstition est donc presque une attitude *égoïste*.

- **Spinoza** (1632/1677) associe également la superstition aux sentiments d'espoir et de crainte, mais aussi de joie et de tristesse. Cette explication purement *psychologique* détache donc la superstition de la foi religieuse : elle réduit même les hommes « à l'état de bête » et fait qu'ils sont facilement manipulables -notamment par un pouvoir politique qui voudrait abuser d'eux. Spinoza a écrit un **Traité théologico-politique** (en 1670) pour dénoncer cette manipulation des hommes par les forces politiques qui parlent au nom des dieux. Ce livre est encore d'actualité aujourd'hui ! Il termine son analyse en expliquant que si les hommes n'avaient pas peur pour leur avenir, toute superstition disparaîtrait. Mais est-ce possible ?

À retenir

> « Un peuple sans superstition serait philosophe, et les philosophes ne veulent jamais obéir. »
>
> CASANOVA, *HISTOIRE DE MA* VIE (POSTHUME)

TOP CHRONO
C'est l'interro !

EXERCICE **30 min.**

1. **Donnez une définition claire de la superstition.** 5 pts/5 min.

....

....

2. ***Différence entre religion et superstition*?** 2 pts/5 min.

   a. Il n'y en a aucune, car les deux font appel aux dieux.

   b. La superstition est un sentiment égoïste.

   c. La religion est un sentiment égoïste.

   d. La religion voue un culte aux dieux alors que la superstition voue un culte à la nature.

3. **Donnez les raisons pour lesquelles Cicéron pense que la superstition ne disparaitra jamais.** 4 pts/5 min.

....

....

4. **Quelle est la différence entre la science et la superstition, si toutes les deux expliquent la réalité ? Trouvez au moins deux points de divergence.** 5 pts/5 min.

....

....

5. **Trouvez ce qui fait problème dans la question suivante, c'est-à-dire pourquoi on ne peut pas simplement répondre par oui ou par non.** 4 pts/10 min.

   La superstition est-elle une faiblesse de la raison ?

....

....

Score .../20 pts

3e DÉBAT SUR RAISON ET CROYANCE : PEUT-ON CROIRE QUE TOUT EST RATIONNEL DANS LA RÉALITÉ ?

27

Le problème

Hegel (1770/1831) écrivit cette phrase mystérieuse : « ***Tout ce qui est réel est rationnel et tout ce qui est rationnel est réel*** ». Qu'est-ce que cela veut dire ? Selon lui la raison humaine pouvait comprendre la logique de la réalité car les deux partageaient cette rationalité. Autrement dit la réalité est rationnelle, tout comme le raisonnement humain. Penser ne consiste donc qu'à découvrir la véritable logique du réel. C'est d'autant plus surprenant que pour Hegel cette logique implique que la contradiction (qu'il appelle le *rationnellement négatif*) n'est pas une impasse mais une forme de progrès. Cette pleine confiance en la raison sera notamment testée en essayant d'expliquer l'histoire de l'humanité.

La Raison dans l'histoire

Hegel voulait comprendre comment et pourquoi l'humanité avait réussi à progresser dans de nombreux domaines (culture, sciences, systèmes politiques) alors que son histoire n'était que répétition de guerres, mort et destructions. Voilà son explication

- Les hommes, individuellement sont tous égoïstes et passionnés : c'est l'amour du pouvoir, de l'argent et d'eux-mêmes qui font que des grands hommes comme Napoléon ont accompli leur destin.
- Mais au-dessus d'eux il y a la ***Raison***, indépendante du raisonnement humain, qui cherche à réaliser l'Idée de liberté. La Raison le fait en manipulant les hommes, qui ne font pas l'histoire qu'ils voulaient. Ainsi Napoléon a perdu toutes ses conquêtes et ce qu'il reste c'est le *Code civil* (1804), c'est-à-dire un progrès dans le droit des individus.
- Il y a donc deux niveaux dans l'histoire : le particulier où les hommes font des actions parfois stupides, irrationnelles ; et l'universel où la rationalité agit et permet le progrès malgré la destruction. Nous pourrions ainsi dire que malgré ses desseins criminels, Hitler n'a pas permis au Reich Allemand de survivre ; en revanche sa chute a offert aux démocraties libérales la possibilité de se développer.

Francis Fukuyama (né en 1952) est un penseur américain qui a publié en 1992 *La fin de l'histoire ou le dernier homme*, livre dans lequel il reprend la thèse de Hegel en expliquant que l'histoire s'est arrêtée en novembre 1989, avec la chute du mur de Berlin. Voilà ses arguments :

- **La démocratie libérale** (c'est-à-dire les USA) représente le système le plus adapté à la nature humaine, car elle favorise la liberté.
- **Il n'y aura plus d'événements historiques**, même s'il y a toujours d'autres événements (heureux ou malheureux). Un événement historique, pour Fukuyama, permet un changement dans l'histoire de l'humanité. Or, depuis la chute de l'URSS, rien ne peut plus concurrencer la démocratie libérale (et capitaliste).
- **L'attaque du 11/09/2001** n'est pas historique, juste médiatique : rien n'a changé après. Ce fut « juste » un événement qui a permis – malgré les nombreuses victimes – aux USA d'être plus puissants au XXIe siècle.

La misère de l'historicisme ?

Karl Popper (1902/1994) est un penseur autrichien qui dénonce cette ***croyance de la raison*** dans son absolu pouvoir. Voilà ses principales critiques :

- Croire que peut ainsi rationaliser le devenir de l'humanité et prédire son futur, c'est ramener les êtres humains à de la matière inanimée. Or les hommes sont libres et donc imprévisibles.
- Il y a un mélange entre celui qui pense et son objet : Comment un être humain peut avoir assez de recul pour comprendre ce que font ses semblables ? N'y a-t-il pas une forme de partialité, voire d'idéologie ? Notamment lorsqu'un penseur américain défend le système politique et économique américain ?

À retenir

« Les hommes veulent une histoire qu'ils ne font pas et font une histoire qu'ils ne veulent pas. »

HEGEL, *LA RAISON DANS L'HISTOIRE* (1822)

TOP CHRONO
C'est l'interro !

EXERCICE **30 min.**

1. **Expliquez la célèbre phrase de Hegel : Tout ce qui est réel est rationnel et tout ce qui rationnel est réel.** 4 pts/10 min.

....

....

....

....

2. **Retrouvez les deux arguments principaux dégagés par Fukuyama pour dire que l'histoire est finie.** 4 pts/5 min.

   a. ....

   b. ....

3. **Popper est critique contre la théorie de Hegel et Fukuyama car (plusieurs réponses possibles) :** 2 pts/5 min.

   a. Il pense que les hommes sont libres et imprévisibles.

   b. Il pense que c'est impossible de croire au bonheur des hommes.

   c. Il pense que ça cache une volonté de défendre son régime politique.

   d. Il pense que la réalité et l'histoire sont totalement irrationnelles.

4. **Essai personnel : en 50 mots, expliquez si vous pensez que l'histoire de l'humanité a du sens. Si oui expliquez lequel. Si non, trouvez au moins deux arguments pour dire pourquoi c'est impossible.** 10 pts/10 min.

....

....

....

Score .../20 pts

LES DIFFÉRENTS SENS DU MOT « EXPÉRIENCE »

28

Les ambiguïtés de l'expérience

Une certaine sagesse populaire accorde beaucoup de crédit à l'expérience, pour être sûr de ce qu'on connaît : on parle d'un homme d'expérience comme un véritable homme sage en qui on peut avoir confiance. Néanmoins l'expérience n'est rien sans son binôme, ***la théorie,*** qui permet d'anticiper les conséquences d'expériences malheureuses. Qu'en est-il réellement ?

Le concept d'**expérience** en réalité recouvre plusieurs réalités : il y a d'abord l'expérience au sens d'*accumulation de connaissances*. Mais est-ce que cela suffit pour en faire un véritable savoir ? Il y a ensuite la *vérification expérimentale* qui alors n'est que le complément de la théorie. Puis, pour finir, il y a toutes les *expériences intimes*, telle la peur, la douleur, ou même la mort, qu'on a du mal à partager avec les autres. En quoi l'expérience serait-elle le début de la sagesse ?

L'expérience est une accumulation de connaissances

C'est le sens premier du mot, le plus courant. Il associe l'expérience à un assemblage de données, qui formerait le *savoir* voire la *sagesse*. Du coup plus on est vieux, plus on sait. Mais cela pose deux types de question :

- Est-ce que cela veut dire qu'un bébé, lorsqu'il naît, ne sait rien ? A priori oui. Mais cela veut-il dire que *son esprit est vide* ? Qu'il ne *pense* pas ? Est-ce que cela veut dire que si vous ne pouvez pas avoir l'expérience de quelque chose, vous ne pouvez même pas l'imaginer, tel un aveugle avec des couleurs ? Sommes-nous limités par nos expériences et les facultés liées à nos expériences ?
- Si nous ne savions que grâce à l'expérience accumulée, pourquoi les animaux ne sont-ils pas capables d'avoir les mêmes capacités ? Pourquoi n'ont-ils pas de science ? Est-ce que, pour saisir le sens et l'intérêt d'une expérience, il ne faut pas des capacités cognitives supplémentaires, voire des *idées innées* ?

La vérification expérimentale ?

La science fonde sa certitude sur un protocole strict :

- Une hypothèse est posée pour résoudre un problème (par exemple la vitesse de la chute des corps par Galilée). Cette hypothèse va être *testée* par des expériences (faire rouler des boules sur un plan incliné) pour être *validée* ou non.

- **Mais l'expérience n'est pas simplement une observation**. Galilée montrera que l'observation est souvent trompeuse.
- **Et pour les sciences qui n'admettent pas l'expérimentation dans leur protocole**, telle la psychanalyse ? Est-ce que cela invalide leurs recherches ?

➡ Partager des expériences intimes

Il y a des expériences dont nous sommes les témoins mais que nous ne pouvons pas connaître tant que nous nous contentons de les observer :

La mort est le meilleur exemple. Nous savons tous que nous allons mourir et pourtant personne ne peut savoir ce que cela fait ! Est-ce une délivrance, un passage ou la fin ?

La douleur est aussi intime : on peut avoir de l'empathie pour les autres, les aider et les soutenir. Mais la douleur est difficilement communicable. Nous verrons les modes de communication possible de ces expériences.

Nous reverrons ces trois problèmes au cours des fiches n° 29,30 &31.

➡ À retenir

> « Si toute notre expérience débute avec l'expérience, cela ne prouve pas qu'elle dérive toute de l'expérience. »
>
> KANT, *CRITIQUE DE LA RAISON PURE* (1781)

TOP CHRONO
C'est l'interro !

EXERCICE **25 min.**

1. **Donnez au moins deux sens différents du mot *Expérience* :** 4 pts/5 min.

   a. ....

   b. ....

2. **Pourquoi considère-t-on que la mort est une expérience intime ?** 4 pts/5 min.

   ....

   ....

   ....

   ....

3. **Qu'est-ce que la vérification expérimentale ?** 2 pts/5 min.

   a. C'est observer un phénomène ?

   b. C'est répondre aux questions du TP ?

   c. C'est provoquer une réaction au hasard ?

   d. C'est tester une hypothèse ?

4. **Expliquez dans court ce paragraphe (4 lignes/ 50 mots) pourquoi l'expérience peut être source de sagesse.** 5 pts/10 min.

   ....

   ....

   ....

   ....

Score .../15 pts

1er DÉBAT SUR L'EXPÉRIENCE : TOUTES NOS CONNAISSANCES VIENNENT-ELLES DE L'EXPÉRIENCE ?

29

Le problème

Il semble logique de dire que pour *connaitre* quelque chose, il faut en avoir l'expérience. Mais on peut continuer la logique de ce raisonnement en expliquant que les *limites de la connaissance* sont les expériences que nous avons eues. Par exemple il est *impossible* d'imaginer ce que peut être un alien tant qu'on n'en aura pas rencontré. Ou alors on se contente de prendre des images connues pour se les représenter (par exemple un gros insecte...). Faut-il supposer à partir de ce moment qu'à la naissance, notre esprit est vide, ce qui suppose qu'un nouveau-né n'a aucune idée et ne pense pas ?

La philosophie *empiriste* ?

L'empirisme est la philosophie qui suppose que *toutes nos connaissances viennent de l'expérience.* Elle est représentée d'abord par des philosophes anglo-saxons, mais aussi par le français Diderot :

- Le premier fut **John Locke** (1632/1704). il supposait qu'à la naissance notre esprit était vide, une *Tabula Rasa*. Nos idées viennent ensuite au fur et à mesure de nos expériences. Il y a deux types d'idées : celles portant sur les *qualités premières* qui correspondent à la nature des choses et les *qualités secondes* qui traduisent notre *sensibilité* à ces choses. Par exemple une pierre est dure (idée première) et je la trouve agréable à toucher (idée seconde).
- **David Hume** (1711/1776) explique à la suite de Locke que nos connaissances sont liées aux sens à notre disposition : Un aveugle ne *peut pas* avoir l'idée de couleur. Essayez de les lui expliquer, vous n'y arriverez pas. Les idées sont donc liées à nos expériences.
- **Diderot** (1713/1784) philosophe de l'Encyclopédie est d'accord avec les 2 anglais et analyse les résultats de ***l'expérience de Molyneux*** : Prenez un aveugle de naissance et faite lui toucher un carré et une sphère. Il les connaîtra grâce à son toucher. Rendez-lui la vue (opération de la cataracte) et demandez-lui de retrouver la sphère sans la toucher. Le pourra-t-il ? Diderot parie que non, car les idées qui viennent de la vue ne sont pas les mêmes que celles qui viennent du toucher.

La théorie des idées innées

Face aux empiristes, il y a les philosophes qui supposent que l'expérience ne suffit pas pour connaître. Nous avons besoin d'idées qui existent *avant* l'expérience pour la comprendre :

- **Descartes** (1596/1651) prend l'exemple d'un morceau de cire : on sait que c'est de la cire car des informations nous viennent de nos 5 sens : la forme, l'odeur, la texture, le goût… Mais si on fait fondre de la cire dans une casserole, toutes ces qualités disparaissent. Néanmoins on sait que la même cire demeure. Comment ? Grâce à notre jugement qui se base sur des idées antérieures à l'expérience, par exemple l'idée qu'une substance peut changer tout en restant la même.
- **Leibniz** (1646/1716) défend l'idée que si nous n'étions « *qu'empiriques* », c'est-à-dire si nous en faisions confiance qu'à l'expérience, nous serions comme les animaux, incapables de prévoir les conséquences de l'enchainement de causes inédites. Nous ne pourrions pas, par exemple, nous méfier de pièges nouveaux. Et la science elle-même n'est rien d'autre que le dépassement de la simple expérience : on anticipe ce qui peut arriver au-delà de la simple observation.

À retenir

« Par idées, j'entends les images affaiblies des impressions dans la pensée et le raisonnement. »

HUME, *ENQUÊTES SUR L'ENTENDEMENT HUMAIN* (1748)

TOP CHRONO
C'est l'interro !

EXERCICE **35 min.**

1. **Qu'est-ce qui vous paraît le plus crédible, l'empirisme ou la théorie des idées innées ? Justifiez.** 5 pts/10 min.

2. **Faites le test de Molyneux : aveuglez un ami et faites lui toucher un objet inconnu pour voir s'il peut deviner uniquement grâce au toucher. Notez les résultats.** 3 pts/10 min.

3. **L'exemple du morceau de cire nous apprend que :** 2 pts/5 min.

   a. les abeilles font de la cire comestible.

   b. On ne connaît pas la cire uniquement grâce à nos 5 sens.

   c. On connaît la cire uniquement grâce à nos 5 sens.

4. **Débat : en 50 mots, demandez-vous s'il est possible que l'esprit d'un bébé soit vide et qu'il ne pense pas (qu'il n'ait pas d'idées).** 5 pts/10 min.

Score .../15 pts

2e DÉBAT SUR L'EXPÉRIENCE : LA SCIENCE POURRAIT-ELLE SE PASSER DE L'EXPÉRIMENTATION ? 30

Le problème

La science moderne est née avec Galilée qui a établi un protocole strict de la découverte scientifique : le chercheur commence par *observer* et a une *idée* d'un problème. Il *invente de hypothèses* qu'il va valider ou pas grâce à une *expérimentation*. Ce résultat produira une *théorie*. L'expérimentation n'est donc pas une simple observation, mais elle ne révèle indispensable. Est-ce toujours le cas ? Peut-on imaginer une science sans expérimentation ?

Le protocole expérimental

Son rôle est d'assurer la certitude des propositions de la science. Effectivement lorsque Newton, par exemple, propose de distinguer le poids de la masse (ce qu'on ne perçoit pas sur Terre), il faut le *prouver* grâce à des expériences. Voyons pourquoi à travers un autre exemple :

- **Carl Hempel** (1905/1997) explique que l'expérimentation structure le raisonnement ***Hypothético-déductif***, c'est-à-dire le passage d'une hypothèse à une théorie. Il prend comme exemple l'histoire célèbre du docteur Semmelweis à Vienne en 1844/1848.
- **Semmelweis** est obstétricien à la maternité de Vienne où le taux de mortalité est très important. Personne ne comprend pourquoi, d'autant plus que dans la clinique voisine moins de femmes meurent. Pendant 4 ans Semmelweis va tester différentes hypothèses en les invalidant les unes après les autres ; puis un jour il a une idée : et si la maladie avait pour origine des matières cadavériques glissées sous les ongles des étudiants en médecine, après les cours d'anatomie ? Il propose une expérience : il leur fait laver les mains. Petit miracle, la mortalité baisse immédiatement ! Il valide donc cette hypothèse et pose la théorie que des éléments invisibles mortels (nous dirions aujourd'hui des microbes) se trouvent dans les cadavres.
- **Le protocole hypothético-déductif** trouve donc dans le protocole expérimental l'axe majeur de sa vérification. Mais il ne faut pas confondre expérimentation et observation. L'observation est stérile car souvent l'explication passe par des éléments invisibles.

Une science sans expérimentation

La psychanalyse conçue par **Freud** (1856/1939) pose un problème : À la fois Freud se considère comme un scientifique et même un thérapeute. Mais il ne dispose d'aucun protocole expérimental pour valider ses hypothèses, notamment l'existence de l'inconscient et le complexe d'Œdipe. Comment peut-il néanmoins assurer la certitude de ses positions ?

- Il explique tout d'abord que la psychanalyse est un ***gain de sens***, c'est-à-dire que grâce à elle on peut donner du « sens à l'insensé ». Sa science permet d'expliquer entre autres tous les comportements irrationnels (les lapsus, les actes manqués, etc.) et offre au *déterminisme* la possibilité de montrer que tout phénomène a une cause.
- **Freud** explique ensuite que sa méthode est une thérapie qui fonctionne. Cela vaut toutes les expériences du monde. Il guérit des personnes de maladies mentales, en leur faisant prendre conscience de leurs névroses. Tout comme *l'homéopathie* n'explique pas exactement comment elle fonctionne (les médecins diront que ce n'est qu'un placebo), la psychanalyse tire toute sa légitimité de sa réussite en médecine.
- Mais cela pose un grave problème, soulevé par le philosophe **Karl Popper** (*Cf.* fiche 27). Il expliqua qu'une science qui refuse d'être testée par l'expérimentation est une science qui veut toujours avoir raison. Or, pour lui, ce n'est plus une science, mais une *religion*.

À retenir

« La raison doit obliger la nature à répondre à ses questions. »

KANT, *CRITIQUE DE LA RAISON PURE* (1781)

TOP CHRONO
C'est l'interro !

EXERCICE **30 min.**

1. **Donnez une description de la méthode scientifique.** 5 pts/?? min.

2. ***Différence entre expérimentation et observation*?** 2 pts/?? min.

   a. Il n'y en a aucune, car les deux font appel aux 5 sens.

   b. L'observation est supérieure car plus sûre.

   c. L'expérimentation valide une hypothèse, c'est-à-dire une *idée*.

   d. L'expérimentation vérifie toujours l'observation.

3. **Donnez les raisons pour lesquelles Freud pense que la psychanalyse est une science.** 4 pts/?? min.

4. **Comment Semmelweis a trouvé la solution à son problème ? Quel fut le rôle de l'expérimentation ?** 5 pts/?? min.

5. **Trouvez ce qui fait problème dans la question suivante, c'est-à-dire pourquoi on ne peut pas simplement répondre par oui ou par non.** 4 pts/?? min.

   La science peut-elle se passer de l'expérience ?

Score .../20 pts

3e DÉBAT SUR L'EXPÉRIENCE : PEUT-ON RÉELLEMENT PARTAGER TOUTES NOS EXPÉRIENCES ?

31

Le problème

Platon, dans le ***Phédon***, témoigne de la mort de Socrate. Celui-ci est mort en buvant la *Cigüe*, poison dont les effets sont très longs. Le philosophe put donc témoigner de ce qu'il ressentait et même philosopher sur la mort. Pour autant *je* ne sais toujours pas ce qu'il va se passer lorsque *je* vais mourir. Personne ne peut donc être totalement sage tant qu'il ne connaît pas cette expérience ultime. Ce qui pour le moins est un paradoxe : je ne serai sage que lorsque je ne serai plus (car mort) ! Essayons de trouver d'autres moyens de partager nos expériences.

Un échec réel

Avec **le Cri**, le peintre norvégien **Edward Munch** (1863/1944) a essayé de traduire la douleur aiguë d'une personne. Il utilise pour cela des procédés picturaux extraordinaires. Mais son expérience de l'angoisse existentielle qui a inspiré son œuvre est-elle communicable ?

- Nous devons admettre plusieurs points, dont le premier est que nous sommes seuls dans notre tête : ce que je ressens est radicalement différent de ce que ressent mon voisin. Je ne peux qu'imaginer ce qu'il pense, ce qu'il souffre. Tout ne sera qu'interprétation de son expression.
- Il y a des phénomènes, néanmoins, de *compassion* et de *sympathie* : je peux vouloir partager avec l'autre ses sentiments intimes. **Rousseau** (*Cf.* F10) expliqua que ce sentiment était la ***pitié***, sentiment naturel (que nous partageons avec les animaux) qui ne doit pas être étouffé selon Rousseau par trop de culture et d'instruction, et qui nous permet de respecter la personne qui souffre. Mais nous ne souffrons pas avec lui !
- Il reste que la communication, grâce au langage. « Je meurs », « je souffre » sont des mots explicites. Mais expriment-ils (dans le sens où ils permettraient de faire ressortir) mes sentiments lorsque je *souffre* réellement ? **Bergson** (1859/1941) critiqua la dimension *conventionnelle* du langage : comment un mot commun à tous comme « souffrir » pourrait convenir à ma souffrance intime ? N'est-ce pas une supercherie ?

Sartre et l'intersubjectivité

En 1943 le philosophe français décrit dans *L'Être et le Néant* le sentiment de honte. Cela va lui permettre d'expliquer que si on ne peut pas partager avec l'autre ses expériences intimes, on vit en revanche en permanence sous le regard de l'autre. C'est le phénomène de la ***honte*** :

- **Avoir honte**, c'est prendre conscience qu'il y a un décalage entre l'image que je veux donner de moi et l'image que je pense donner de moi : Par exemple je fais un geste vulgaire. Cela me plaît, cela me soulage. Mais quelqu'un m'a vu et je me sais jugé. J'ai honte à ce moment-là.
- **Nous ne sommes qu'*extériorité*** explique Sartre, c'est-à-dire il n'y a pas de réelle expérience intime. Je suis tel qu'autrui me voit. Je ressens mes sentiments en fonction du regard qu'autrui porte sur moi. C'est autrui qui donne le sens de mes expériences intimes, y compris la mort. La pire des situations serait la solitude. Heureusement elle n'existe jamais vraiment car le regard de l'autre intervient tout le temps. Même seul dans ma salle de bain, je me lave, m'habille, me coiffe et me maquille pour *apparaître* aux autres.
- **Sartre** renverse donc le problème : ce ne sont pas les expériences des autres qui m'échappent, mais ce sont les autres qui donnent une réalité à mes expériences. Nous sommes des « *je* », des sujets qui sont en relation, et qui me permettent de me connaître moi-même. C'est ce qu'il appelle ***l'intersubjectivité***.

À retenir

« Autrui est le médiateur indispensable entre moi et moi-même. »

Sartre, *L'Être et le Néant* (1943)

TOP CHRONO
C'est l'interro !

EXERCICE **30 min.**

1. Pourquoi le tableau de Munch serait un échec ? 4 pts/10 min.

....

....

....

....

....

2. Retrouvez les deux arguments de Sartre pour dire que nous ne sommes jamais seuls. 4 pts/5 min.

a. ....

b. ....

3. Quel est le paradoxe transporté par le *Phédon* de Platon ? (Plusieurs réponses possibles) 2 pts/5 min.

a. On est sage que lorsqu'on est mort ?

b. On est sage car on sait comment est mort Socrate ?

c. On est sage car Socrate ne l'était pas mais en parlait bien ?

d. On ne peut pas apprendre à être sage car on ne sait pas ce que c'est « mourir » ?

4. Essai personnel : en 50 mots, expliquez si vous pensez que la communication de ses sentiments avec les autres est impossible. 10 pts/10 min.

....

....

....

....

Score .../20 pts

FICHE RÉCAPITULATIVE : LA VÉRITÉ

32

Rôle de cette fiche

La philosophie ne s'apprend pas, expliquait Kant. Cela veut dire que cela ne sert à rien d'apprendre par cœur des connaissances. Du moins cela ne suffit pas. Pour faire une bonne dissertation ou explication de texte, il faut relier les questions qu'on vous pose avec les problèmes philosophiques vus en cours d'année. Si vous faites ce lien, vous aurez appris non pas *la philosophie*, mais à *philosopher*.

Nous allons donc voir les **problèmes philosophiques** liés aux chapitres précédents (fiches 20 à 31) regroupés sous le thème de la vérité.

➠ La vérité est une question de jugement.

Le problème de la vérité est de ne pas la confondre avec la ***réalité***. Nous sommes dans la vérité lorsque notre connaissance de la réalité correspond à la réalité. Distinguons réalité et *connaissance de la* réalité. Cela nous a amené aux questions suivantes :

- **L'erreur** est involontaire, mais difficile à dépasser car elle est parfois cohérente. La dépasser suppose donc qu'un élément a changé. Dans le cas de la science ce sont souvent les conditions d'observation.
- **Le mensonge** lui est volontaire : c'est une volonté de manipuler l'autre. Mais le débat entre Kant et Constant nous a montré qu'il est difficile de toujours dire la vérité, sans blesser les autres.
- **L'illusion** elle persiste même lorsqu'elle est découverte. Platon émet l'idée que les hommes aiment vivre dans l'illusion, du moins lorsque cette dernière ne fait pas souffrir.

➠ La raison peut-elle expliquer le réel ?

La raison est une faculté humaine qui tâche d'expliquer le réel en suivant une logique la plus parfaite possible. Mais elle n'est pas la seule à pouvoir décrire cette réalité ; **La croyance** exerce aussi une grande influence qui parfois entre en concurrence directe avec la rationalité

- **La science** est par excellence le discours rationnel sur le réel. Elle porte en elle une capacité à *tout expliquer* selon des liens de cause à effet. Mais elle ne permet pas pour autant de supprimer toute explication religieuse. Car elle ne porte pas sur les mêmes problèmes.

- **La superstition**, raisonnement irrationnel, démontre bien la persistance de la croyance. C'est à la fois une volonté d'expliquer le réel à travers des signes mais aussi une lecture qui a pour origine des sentiments de crainte et d'espoir.
- **La rationalité** face à cela peut vouloir tout expliquer. Ce fut l'ambition de Hegel. Il voulut notamment expliquer l'histoire des hommes de manière rationnelle. Mais nous nous sommes demandé si justement il ne s'agissait pas d'une *croyance de la raison* !

➡ Le rôle de l'expérience dans la connaissance

Rien ne vaut l'expérience ! pourrait-on affirmer. Car l'expérience est une connaissance vérifiée, donc proche de la vérité. Néanmoins de multiples sens s'opposent et complexifient la question :

- **La philosophie empirique** est-elle crédible ? Peut-on croire que notre esprit était vide à la naissance et que nous ne connaissons que ce dont nous avons l'expérience ?
- Car **l'expérimentation** n'est pas *l'observation*. C'est davantage une manipulation maîtrisée, en vue de valider ou non une idée que le scientifique a eue. Il ne s'agit donc pas d'expériences accumulées.
- Et **l'expérience intime**, telle la mort ou la douleur, ne permet pas de communiquer réellement avec les autres. Nous nous faisons qu'une idée de ce que les autres ressentent. Nous n'en aurons jamais l'expérience !

La vérité reste donc un problème de méthode pour maîtriser nos connaissances.

➡ À retenir

« Tous les hommes sont doués de raison et cependant beaucoup se trompent et agissent mal. »

Descartes, *Le discours de la Méthode*, 1637

TOP CHRONO
C'est l'interro !

EXERCICE **30 min.**

1. **Donnez au moins trois grands problèmes philosophiques rencontrés dans cette partie du programme.** 4 pts/5 min.

   a. ....

   b. ....

   c. ....

2. **Expliquez pourquoi la raison peut s'opposer à la croyance.** 4 pts/5 min.

   ....

   ....

   ....

   ....

3. **À quoi peut s'opposer la vérité expérimentale ? (Plusieurs réponses possibles)** 2 pts/5 min.

   a. une observation directe

   b. la croyance superstitieuse.

   c. le raisonnement mathématique.

   d. la mort des autres.

4. **Expliquez dans court ce paragraphe (4 lignes/ 50 mots) pourquoi les animaux ne développent pas de rationalité.** 5 pts/10 min.

   ....

   ....

   ....

   ....

5. Trouvez ce qui pose problème, c'est-à-dire pourquoi on ne peut pas directement répondre par oui ou par non à la question suivante, en vous appuyant sur les problèmes expliqués dans cette fiche. 5 pts/5 min.

La raison peut-elle tout expliquer ?

....

....

....

....

Score .../20 pts

DÉFINITION DU CONCEPT DE LIBERTÉ 33

Qu'est-ce que la liberté ?

Naturellement on l'associe à l'absence de contrainte : « être libre, c'est faire ce qu'on veut ». Or très vite on s'aperçoit qu'on ne peut jamais faire ce qu'on veut. Est-ce que cela veut dire qu'on ne peut jamais être libre ?

Non mais pour cela il faut comprendre qu'être libre, ***c'est faire des choix*** c'est-à-dire déterminer un projet.

Votre travail est de comprendre la différence entre les deux définitions.

Être libre c'est *être autonome*.

Auto-nomie vient de 2 mots grecs : « auto » veut dire *soi-même* et « nomos » *la loi*. Être autonome c'est donc être capable de se fixer ses propres règles. Vous êtes libres lorsque vous êtes capables, donc, de vous auto discipliner.

- La liberté consiste à pouvoir se fixer ses propres règles pour suivre un projet. C'est la raison pour laquelle l'homme moral qui suit des préceptes sévères est libre. À l'inverse un *libertin* qui ne suivrait que ses désirs peut être *l'esclave* de ses *inclinations*.
- **Kant** (1724/1804) expliquait dans *la critique de la raison pure* que c'est ce qui caractérise l'être humain, par rapport aux animaux : nous ne sommes pas liés aux seules lois de notre nature. Nous pouvons aussi aller au-delà et suivre la loi du Bien.
- **Rousseau** (1712/1778) dans *Du contrat social* a aussi compris qu'être un *citoyen libre* consiste moins à subir la loi édictée par l'État, que de participer à l'élaboration des lois pour y adhérer. L'absence de lois juridiques mène à l'anarchie qui est, le plus souvent, la loi du plus fort. Obéir aux lois rend libre car alors on obéit à des fonctions et non à des personnes. Par exemple lorsque vous signez le règlement intérieur de votre lycée, cela garantit votre liberté, car lorsque vous répondrez aux questions du proviseur, ce sera protégé par les règles de ce règlement intérieur.

Être libre, c'est être capable d'être au commencement de quelque chose, être *spontané*.

La spontanéité c'est la capacité à être au commencement de quelque chose de nouveau et imprévisible : un être libre est celui qui peut créer et surprendre. À l'inverse nous ne sommes pas libres lorsque nous sommes totalement prévisibles, c'est-à-dire déterminés par des causes évidentes.

- Un animal est *déterminé* par sa nature, c'est-à-dire qu'il est entièrement prévisible dans son comportement. Sa part de spontanéité est très faible. À l'inverse l'être humain est capable de « sortir » de sa nature. **Rousseau** expliquait que la grande différence était la ***perfectibilité*** de l'homme, c'est-à-dire sa capacité à évoluer, vers le bien mais aussi vers le mal.
- La liberté permet donc le *génie*, cette capacité à créer quelque chose de nouveau, d'original, et qui pourra servir de modèle aux générations suivantes.

➠ Être libre, c'est être *responsable*.

La liberté entraîne la responsabilité, c'est-à-dire que vous devez répondre de vos actes. Être libre suppose que vous soyez le *sujet* de vos actes et que vous en soyez *conscient*.

- Être libre suppose donc que vous devrez répondre de vos actes. Un chien, s'il mord ne sera pas mis en garde à vue. Mais son maître oui.
- De la même manière un enfant trop jeune (– de 13 ans dans la loi française) et un handicapé mental ne seront pas considérés comme responsables, car on considère qu'ils ne disposent pas de toutes leurs facultés mentales, notamment leur raison. Ils ne sont pas totalement libres.

Nous reverrons ces trois problèmes au cours des fiches n° 34,35 & 36.

➠ À retenir

« L'homme est né libre et partout il est dans les fers. »

ROUSSEAU, *DU CONTRAT SOCIAL* (1762)

TOP CHRONO
C'est l'interro !

EXERCICE **35 min.**

1. **Donnez les caractéristiques de la liberté.** 2 pts/5 min.

....

2. **Expliquez pourquoi la *liberté* suppose la responsabilité.** 2 pts/5 min.

....

....

3. **Qu'est-ce que l'autonomie ?** 2 pts/5 min.

   a. c'est se fixer ses propres lois.

   b. c'est faire tout ce qu'on veut.

   c. c'est pouvoir aller où on veut.

   d. C'est une illusion des enfants.

4. **Expliquez dans un court paragraphe (4 lignes/ 50 mots) pourquoi il faut associer *liberté* et *loi* ?** 5 pts/10 min.

....

....

....

....

5. **Trouvez ce qui pose problème, c'est-à-dire pourquoi on ne peut pas directement répondre par oui ou par non à la question suivante, en vous appuyant sur les problèmes expliqués dans cette fiche.** 4 pts/10 min.

   Les animaux sont-ils libres ?

....

....

Score .../15 pts

1er DÉBAT SUR LA LIBERTÉ : SOMMES-NOUS SÛRS D'ÊTRE LIBRES ?

34

Le problème

La liberté peut parfois sembler être une immense frustration, ou juste une illusion. Car qui peut se vanter de *toujours* faire ce qu'il veut. Si la liberté, c'est suivre ses désirs, sa volonté ou ses propres choix, force est de constater que peu de personnes sont réellement libres. Nous sommes toujours contraints d'obéir, d'attendre avant de réaliser nos désirs et de restreindre nos projets. Du coup, renversons le problème : la liberté n'est-elle pas qu'une illusion ?

La liberté au cœur de la crise

Descartes (1596/1650) est connu pour son très célèbre ***cogito*** : *Je pense donc je suis*. Mais peu de personne connaissent le véritable sens de cette phrase, qui veut dire qu'on ne peut pas *douter* de sa propre existence. Descartes a aussi prouvé que le doute nous assure d'être libre.

- La démarche de Descartes consiste à vouloir trouver une vérité sûre et certaine. Car Descartes était d'abord un scientifique. Pour la trouver il fait passer un test à toutes ses connaissances : laquelle résistera à ses doutes ? Il ne s'aperçoit qu'aucune n'est si certaine, que ce soit ses perceptions, ce qu'il a appris à l'école ou même le raisonnement mathématique. En revanche *douter* n'est pas douteux : si je doute, c'est que le ***je*** existe. Donc si je doute, c'est que je pense, si je pense c'est que je suis. CQFD.
- **Son doute** lui permet de comprendre qu'il est totalement *libre*. Car il suppose l'existence d'un *Malin Génie* qui chercherait à le tromper. Il est si puissant qu'il peut tout inventer autour de moi. Mais toute sa puissance ne peut pas m'empêcher de douter, car *je suis libre* de douter. C'est, explique Descartes, la grande force de l'être humain.
- Nous pouvons prendre l'exemple d'un film pour mieux comprendre cela : ***Truman Show*** raconte l'histoire d'un garçon, héros malgré lui depuis son enfance d'un *Reality Show*, mais il ne le sait pas. Le film raconte sa libération. Et l'élément essentiel de celle-ci est sa liberté de *douter* d'une vie que tout le monde veut normale : Il doute de sa femme, de ses amis, de la société tout entière. Car il est libre !

L’illusion de la liberté.

Baruch Spinoza (1632/1677) est en désaccord avec Descartes (qu’il avait lu) : Si être libre c’est faire tout ce qu’on veut, alors la liberté n’est qu’une illusion. Car nous sommes déterminés par une infinité de causes dont on n’a pas réellement conscience :

- Une pierre, si elle avait une conscience, croirait sans doute tomber *librement* vers le sol, alors qu’elle est déterminée par la gravité. De la même manière une alcoolique croit vouloir *librement* boire. Alors que son corps a besoin d’alcool. C’est pareil pour l’enfant qui désire boire du lait. Notre conscience nous fait croire que nous sommes libres, mais en réalité ***les choix sont antérieurs à la conscience***.
- Nous sommes dotés de ce que Spinoza appelle un ***conatus***, c’est-à-dire une force intérieure qui nous pousse à *être ce pour quoi nous sommes faits*. Certains sont faits pour être musiciens, d’autres non. Le musicien est heureux de faire de la musique car cela correspond à sa nature profonde, guidé par une force intérieure et des dispositions naturelles.
- La véritable définition de la liberté n’est donc pas de faire n’importe quoi, mais de *se connaître*, d’être à l’écoute de sa nature et de ses désirs profonds. Hélas, souvent, nous sommes passifs et nous sommes influencés, ce qui fait que nous ne désirons pas ce qui correspond à notre nature ! C’est la raison pour laquelle tant de personnes sont malheureuses dans leur existence : elles subissent des formes de pression qui les amènent à faire des choix aliénants, par exemple choisir un métier rémunérateur mais qui ne nous plaît pas.

À retenir

« Est dite libre la chose qui existe par la seule nécessité de sa nature et se détermine par elle-même à agir. »

SPINOZA, *L’ETHIQUE* (POSTHUME)

TOP CHRONO
C'est l'interro !

EXERCICE **25 min.**

1. **Est-ce que la théorie du *conatus* de Spinoza vous paraît crédible ? Justifiez en prenant au moins un exemple.** 5 pts/5 min.

....

....

....

....

2. **Regardez *Truman Show* et essayez de repérer quand il commence à être vraiment libre.** 3 pts/5 min.

....

....

....

....

3. **Le *cogito* de Descartes nous apprend que :** 2 pts/5 min.

a. on pense donc on peut marcher.

b. on doute donc on ne peut pas douter qu'on existe.

c. On est libre de douter donc on pense.

4. **Débat : en 50 mots, demandez-vous si les êtres humains sont libres ou pas.** 5 pts/10 min.

....

....

....

....

Score .../15 pts

2e DÉBAT SUR LA LIBERTÉ : ÊTRE LIBRE, EST-CE QUE CELA VEUT DIRE ÊTRE IRRESPONSABLE ?

35

Le problème

Dostoïevski (1821/1888), romancier russe, décrit une situation extraordinaire dans *Crimes et châtiments* : un jeune homme veut tuer une femme pour son argent car il a l'intention de l'utiliser pour faire le bien de l'humanité. Il prononce cette phrase : « Sans Dieu tout est permis ! » Sous-entendu si Dieu n'existe pas, nous sommes libres et nous ne sommes responsables de rien (pas de jugement dernier après la mort.).

Peut-on vraiment croire qu'être libre amène à la totale déresponsabilisation ?

La liberté totale.

En 1945, Jean Paul **Sartre** (1905/1980) donne une conférence intitulée *L'existentialisme est un humanisme*. Il expose sa théorie de la liberté totale. :

- Nous sommes totalement libres car à la naissance, nous ne sommes *rien*. Nous nous construisons au fur et à mesure de notre existence. L'homme ne nait pas homme, il le devient.
- Celui qui ne veut pas l'admettre est soit un ***lâche*** (c'est-à-dire quelqu'un qui se cherche des excuses), soit un ***salaud*** (c'est-à-dire quelqu'un qui croit qu'il a un destin qu'il ne choisit pas). Nous sommes d'abord un projet et ensuite nous donnons du sens à notre existence. Un exemple pour mieux comprendre : Sartre raconte qu'il a eu une crise mystique à 17 ans (il a prié Dieu pendant trois jours sans manger). Quel sens a cet épisode ? Aucun. C'est son futur qui le déterminera. S'il était devenu un prêtre, tout le monde aurait dit que c'était un signe annonciateur. Mais il est devenu philosophe athée, donc c'était juste une crise d'adolescence.
- Nous ne sommes donc *que* ce que nous voulons être et nos choix nous engagent totalement. Ce n'est pas parce que mes parents sont racistes que je ne suis pas responsable de mes opinions politiques. Je suis le seul responsable de ces opinions ! De même mon époque ne détermine en rien mon degré de liberté. Sartre a vécu l'occupation allemande entre 1940 et 1944, pourtant il écrivit : « Nous ne fûmes jamais aussi libres que sous l'occupation », car nous avons été obligés de prendre notre destin en main.

La psychanalyse comme conquête de la liberté.

La psychanalyse freudienne pose la question de la responsabilité également : Si nous sommes dominés par un inconscient, avec des pulsions refoulées, peut-être que cela veut dire que ce n'est pas de notre faute : un pervers sexuel est-il coupable de ses agissements, si tout s'est décidé au cours de son enfance ? Freud ne défend pas du tout cette thèse :

- Une des premières patientes de Freud s'appelait Elisabeth. Elle souffrait de mal de jambe. La cure a permis de mettre à jour sa *névrose* : vieille fille, elle admirait sa sœur -mariée à un marin. Cette admiration alla jusqu'à tomber amoureuse de son beau-frère. Lorsque sa sœur mourut, Elisabeth eut cette pensée horrible : « ça y est, il est à moi ! »
- Est-elle irresponsable ? Freud ne le dira pas. Au contraire ! Elisabeth souffrait des jambes pour se punir elle-même de ses sentiments coupables. Elle resta donc digne et morale jusqu'au bout, d'une part en refusant de se marier avec son beau-frère devenu veuf et d'autre part en s'infligeant cette maladie psychosomatique.
- Dernier point : la psychanalyse sert à prendre conscience de ses névroses, à mettre des mots dessus. Donc à devenir plus libre face aux troubles du comportement qui nous caractérisent. Freud considère que la folie ou les maladies mentales sont des *refuges* pour supporter ses névroses. Être libre, c'est sortir de sa maladie.

À retenir

« Nous sommes condamnés à être libres. »

SARTRE, *L'EXISTENTIALISME EST UN HUMANISME* (1945)

TOP CHRONO
C'est l'interro !

EXERCICE **30 min.**

1. **Donnez une définition du *salaud* et du *lâche* selon Sartre.** 5 pts/5 min.

....

....

2. ***Pour Sartre nous sommes libres car*?** 2 pts/5 min.

   a. nous vivons en démocratie.

   b. nos parents nous donnent ce dont nous avons besoin.

   c. à la naissance nous sommes ce que nous serons plus tard.

   d. à la naissance nous ne sommes rien.

3. **Donnez les raisons pour lesquelles la psychanalyse peut nous rendre libres.** 4 pts/5 min.

....

....

4. **Comment Elisabeth a géré son amour pour son beau-frère ? Qu'est-ce que cela démontre ?** 5 pts/5 min.

....

....

5. **Trouvez ce qui fait problème dans la question suivante, c'est-à-dire pourquoi on ne peut pas simplement répondre par oui ou par non.** 4 pts/10 min.

   Les circonstances sont-elles une excuse pour ne pas être libre ?

....

....

....

Score .../20 pts

3e DÉBAT SUR LA LIBERTÉ : L'IDÉE DE DESTIN EST-IL COMPATIBLE AVEC CELLE DE LIBERTÉ ?

36

Le problème

Beaucoup de gens croient en leur destin, c'est-à-dire avec l'idée que tout est déjà décidé. L'heure de leur mort par exemple mais aussi le « grand amour », sa moitié adorée ! **Platon** (428/348 av. J.-C.) dans son dialogue consacré à l'amour, ***Le Banquet***, explique un mythe pour raconter ce « destin » : À l'origine nous étions des androgynes avec deux têtes, quatre bras et jambes. Les dieux, pour nous punir de notre impudence nous coupèrent en deux. Et c'est depuis ce jour que nous recherchons cette moitié.

Mais est-ce que cette vision du destin est compatible avec l'idée de liberté ? Nous allons voir deux philosophes qui défendent deux interprétations divergentes.

Leibniz et l'idée de liberté au cœur de la création divine

Leibniz (1646/1716) était croyant. Il pensait Dieu à l'origine de la création. Il est également l'auteur de cette célèbre phrase, reprise par **Voltaire** (1694/1778) dans ***Candide*** : « *Notre monde est le meilleur des mondes possibles.* » car Dieu n'a pu faire qu'un monde parfait. Cette omniprésence divine est-elle compatible avec la notion de liberté ? Leibniz répondrait sans hésitation : oui !

- Il faut penser Dieu comme un mathématicien qui aurait écrit des algorithmes. Voire comme un scénariste qui aurait écrit un jeu avec une multitude d'options possibles et des milliards de personnages. Lorsque nous naissons, nous rentrons dans la peau d'un de ces personnages (un peu comme nous rentrons dans un personnage lorsque nous commençons un jeu vidéo). À partir de ce moment-là nous sommes libres de choisir les options que nous voulons, car notre monde est un monde ***possible.***
- Pour comprendre ce point il faut faire une distinction conceptuelle entre le ***possible*** et le ***nécessaire***. Est possible ce qui peut être différent, est nécessaire ce qui ne peut pas être autrement. Le passé est toujours nécessaire, le futur toujours possible. Si vous choisissez de ne pas passer votre bac, votre avenir sera déterminé par ce choix. Mais vous pouvez toujours garder l'option de le réussir. Tout comme dans un jeu virtuel, Dieu aurait prévu toutes les options possibles et connaîtrait déjà la fin, ce qui n'est pas incompatible avec l'exercice d'une liberté.
- Chacun *exprime* alors un point de vue, mais est en réseau avec tous les autres. La complexité de ce réseau fait que les possibilités sont presque infinies. Notre monde n'est qu'un des mondes possibles. Le meilleur.

Alain, déterminisme et destin.

Alain (1868/1951), philosophe français va également opérer des distinctions conceptuelles pour bien comprendre ce que peut être la liberté humaine :

- **Le fatalisme (ou destin)** est la croyance que tout est écrit. Ainsi on ne choisit pas. À peine peut-on espérer repérer les signes qui nous indiqueront ce destin. Cette *croyance* est ancestrale et relève de la superstition. Les tragédies grecques sont pleines de relations entre les hommes et le destin ; Pourtant la figure du héros existait et qu'est-ce qu'un héros, sinon un individu qui défie son destin ?
- **Le déterminisme** est tout autre : il s'agit de l'enchainement de causes à effets dont les conséquences sont nécessaires. Par exemple *être vivant* implique que nous allons mourir. C'est nécessaire. Mais cela ne nous empêche pas d'être libre car d'une part cela permet l'existence du hasard et d'autre part elle permet à la volonté de l'individu d'agir : en comprenant les causes d'une réalité, on peut *choisir* d'agir d'une certaine manière pour influencer les conséquences.
- **Le hasard** est défini par le philosophe français **Cournot** (1801/1877) comme la *rencontre de deux chaînes causales indépendantes*. C'est-à-dire que deux événements indépendants l'un de l'autre vont se rencontrer de manière imprévisible ; ni destin ni fatalité donc.

À retenir

« Les hommes peu instruits acceptent volontiers l'idée de déterminisme : elle répond au fatalisme, superstition bien forte et bien naturelle. Ce sont pourtant des doctrines bien opposées. »

Alain, *Eléments de philosophie* (1941)

TOP CHRONO
C'est l'interro !

EXERCICE **30 min.**

1. **Distinguez *destin* et *déterminisme*.** 4 pts/10 min.

....

....

....

....

....

....

2. **Retrouvez les deux arguments de Leibniz pour dire que nous sommes libres même si tout est prévu.** 4 pts/5 min.

   a. ....

   b. ....

3. **Quel est le lien entre l'existence de Dieu et notre liberté possible selon Leibniz ?** 2 pts/5 min.

   a. Dieu décide de tout donc nous ne sommes pas libres.

   b. Dieu a créé un monde possible parmi d'autres.

   c. Dieu n'existe pas donc tout est permis.

   d. Dieu nous laisse seuls et ne s'occupe pas de ce qu'on fait.

4. **Essai personnel : en 50 mots, expliquez si l'idée de destin est compatible avec la liberté. Utilisez les concepts de *possible* et *nécessaire*.** 10 pts/10 min.

....

....

Score .../20 pts

LES CONCEPTS DE JUSTICE & LOI 37

Le problème

La justice et la loi sont les éléments qui nous permettent de vivre ensemble. Nous ne sommes pas que des animaux sociaux (comme les fourmis) mais aussi des *animaux politiques*, comme le précisait **Aristote** (384/322 av. J.-C.), c'est-à-dire que nous voulons une vie *bonne* et *juste*. Nous avons des idées et nous débattons pour choisir cette vie ; parfois nous pouvons aussi nous battre et exploiter nos semblables, pour que notre vie soit un peu meilleure (ce que ne feront jamais les fourmis). D'où la nécessité des lois et de la justice pour réguler nos comportements.

Mais la loi est-elle toujours *juste* ?

La justice, idée et institution

La justice est à la fois une idée et une institution fixée par les hommes :

- L'idée de justice détermine ce qui nous semble ***légitime***. C'est lié à une conception morale de la réalité, c'est-à-dire qu'on ne se contente pas de ce *qui est* et on souhaite ce *qui devrait être*. Il est difficile de fixer un contenu unilatéral à ce terme, mais nous pouvons le rattacher à la question de ***l'égalité*** entre les hommes et de ***l'équité*** dans le partage.
- La justice est aussi une institution inventée par les hommes pour statuer sur le caractère admissible ou non de certains comportements. La figure du *juge* avait à l'origine une dimension religieuse : il tâchait d'interpréter les textes sacrés. Aujourd'hui c'est quelqu'un qui cherche à associer un cas particulier à une loi générale. Le travail du juge est celui de *prendre une décision*, la meilleure possible, pour éviter la violence entre les hommes.

La loi

Au premier sens du terme, la loi est une règle *écrite* par les hommes, pour fixer des limites à leurs comportements. Ce qui suppose que les êtres humains ont besoin d'être sous l'autorité des lois. Est-ce une conséquence de leur liberté ?

- **La loi** décrit ce qui est ***légal***, par définition. Donc il y a une dimension artificielle à la loi, car elle est écrite par un peuple, à un moment donné de son histoire. La loi n'est donc pas liée à la question de la vérité mais de valeurs choisies par ce peuple. Ce qui permet de se demander si une loi est toujours ***légitime***, c'est-à-dire si ça correspond à nos valeurs morales ?

- L'autre difficulté de la loi est qu'elle est *générale* : elle ne peut pas tenir compte de tous les problèmes particuliers. Mais cela va supposer que le juge est celui qui va *interpréter* la loi au moment du jugement. D'où des erreurs et des injustices possibles.

➡ La question des droits.

Cela nous amène à la question de la relation entre les individus et la justice : normalement la Justice est là pour protéger les individus. Pour cela nous devons définir quels sont les droits et les devoirs des citoyens. Nous pouvons les décomposer en deux groupes :

- ***Les droits naturels*** qui sont ceux attachés à notre nature : on peut par exemple considérer que la *liberté* est un droit naturel, que la loi doit respecter à tout prix.
- ***Les droits positifs*** sont ceux qui sont définis par la loi. Doivent-ils respecter absolument les *droits naturels* ? C'est un débat entre les philosophes, certains comme **Thomas Hobbes** (1588/1669) considérant que la loi doit être la *négation* de la nature humaine -qui est méchante !

Nous reverrons ces trois problèmes au cours des fiches n° 38,39 & 40.

➡ À retenir

« L'homme est un loup pour l'homme. »

Hobbes, *Le Léviathan* (1651)

TOP CHRONO
C'est l'interro !

EXERCICE **30 min.**

1. Donnez les deux définitions de la *justice*. 2 pts/5 min.

2. Quelle est la différence entre *légal* et *légitime* ? 2 pts/5 min.

3. Pourquoi les hommes, contrairement aux animaux, ont besoin de justice ? 2 pts/5 min.

a. car ce sont des animaux politiques.

b. car ce sont des animaux sociaux.

c. car ce sont des animaux solitaires.

d. car ce sont des animaux imbéciles.

4. Expliquez dans un court paragraphe (4 lignes/ 50 mots) pourquoi la justice doit respecter les droits des citoyens. 5 pts/10 min.

5. Trouvez ce qui pose problème, c'est-à-dire pourquoi on ne peut pas directement répondre par oui ou par non à la question suivante, en vous appuyant sur les problèmes expliqués dans cette fiche. 4 pts/10 min.

La loi peut-elle être injuste ?

Score .../15 pts

1er DÉBAT SUR JUSTICE & LOI : POURQUOI L'ÉTAT DOIT RESPECTER LES DROITS DE SES CITOYENS ?

38

Le problème

« *L'État c'est le monopole de la violence légitime* » expliquait le sociologue **Max Weber** (1864/1920). Cela veut donc dire qu'il a le *droit* d'utiliser la force pour blesser et tuer ses citoyens ? C'est paradoxal car l'État a été inventé pour protéger *les droits* des citoyens. Comment pouvons-nous sortir de ce problème ? Peut-on refuser que l'État utilise la police contre son propre peuple ? Mais une justice sans force serait impuissante.

Pour trouver la solution, il faut se demander pourquoi l'État a été créé.

Le Léviathan de Hobbes

Hobbes (1588/1679) fut un des premiers philosophes à assister à une guerre civile et révolution : le peuple anglais coupa la tête de son roi 150 ans avant les Français. Ce *régicide* amena **Hobbes** à se demander : pourquoi les hommes font *parfois* des révolutions et pourquoi *souvent* ils préfèrent obéir à l'État ou leur Roi ? Sa réponse trouve ses racines dans la théorie de *l'état de nature* :

- Avant de vivre en société politique, les êtres humains vivaient sans loi, sans justice. C'était selon **Hobbes** un état de guerre de chacun contre chacun, dominé par le ***droit naturel***, c'est-à-dire que chacun faisait ce qu'il pouvait faire dans les limites de son pouvoir.
- La tendance naturelle des hommes est de vouloir dominer son prochain. Hobbes l'explique très bien en divisant les intentions des hommes en deux parties : la *rationalité* qui consiste à calculer son intérêt et de tenir compte de la concurrence entre les hommes ; et les *passions* qui elles sont incontrôlables. Trois passions font que *l'homme est le pire ennemi de l'homme* : la fierté, la jalousie et la peur. Si vous n'en êtes pas persuadés, demandez-vous ce qui arriverait sur les routes en l'absence de codes et de surveillance : cela deviendrait très vite une *jungle* où règnerait la ***loi du plus fort.***
- Pour **Hobbes**, l'État doit donc être répressif en niant les *droits naturels* de l'homme. À la place il va distribuer des ***droits positifs*** définis par la loi. Et nous acceptons cela car nous voulons vivre en paix. La paix et la sécurité sont plus importantes que la liberté.

Le contrat social de Rousseau.

Rousseau (1712/1778) écrit ***Du Contrat Social*** (1764) en ayant lu **Hobbes**. Et il n'est absolument pas d'accord : Rien ne justifie qu'on sacrifia notre liberté pour la sécurité. Rien ne justifie même qu'on obéisse à une autorité étatique.

- **Rousseau** est d'accord avec **Hobbes** : L'humanité a vécu une période sans société et sans État. Mais il pense que cette période fut un paradis et la société un *accident malheureux* dans l'histoire des êtres humains. Donc nous devons au moins conserver dans la société politique ce que nous possédions à l'*état de nature*, c'est-à-dire nos *droits naturels*- et en particulier la liberté.
- Néanmoins **Rousseau** est conscient que les hommes peuvent être égoïstes et méchants. Il faut donc une transformation de *l'homme* en ***citoyen*** grâce à la ***Volonté Générale***, forme d'autorité légitime constituée par l'ensemble des citoyens. Cette ***Volonté Générale*** va distribuer des ***droits civils*** aux citoyens, leur garantissant grâce à la force commune leur sécurité.
- Grâce à quoi les *lois* ainsi votées seront *légitimes* ? Rousseau répond que ça se fait en deux temps : d'une part les citoyens doivent *tous* participer à leur élaboration et d'autre part ils doivent tous être touchés de la même manière par ces *lois*. Car personne ne voterait une loi *injuste* qui le toucherait. Il accepterait par contre volontiers la sanction qu'il a trouvée à un moment donné *légitime*. Par exemple Rousseau est pour le service militaire : si tous les citoyens doivent prendre les armes pour défendre leur pays, il n'y aura pas de privilégiés et les votants feront attention à ce que les règles militaires ne soient pas injustes.

À retenir

« Se dessaisir de son droit sur une chose, ce n'est pas empêcher autrui de profiter du droit sur cette chose. »

HOBBES, *LE LÉVIATHAN* (1651)

TOP CHRONO
C'est l'interro !

EXERCICE **35 min.**

1. **Expliquez la théorie de *l'état de nature* selon Hobbes, puis Rousseau -en soulignant les différences.** 5 pts/10 min.

....

....

....

2. **Demandez-vous ce qui arriverait sur les routes, s'il n'y avait personne pour le faire respecter. Etes-vous d'accord avec Hobbes ? Est-ce juste une question de passion ?** 3 pts/10 min.

....

....

....

3. **Le *Contrat Social* de Rousseau suppose que :** 2 pts/5 min.

   a. les hommes soient tous amis.

   b. qu'il n'y ait plus de droits naturels.

   c. que les hommes se transforment en citoyens.

4. **Débat : en 50 mots, demandez-vous s'il faut que les hommes soient tous toucher de la même manière par la loi. Prenez l'exemple du service militaire en premier, puis trouvez un autre exemple.** 5 pts/10 min.

....

....

....

....

Score .../15 pts

2e DÉBAT SUR JUSTICE & LOI : QU’EST-CE QUI REND LÉGITIME UNE LOI ?

39

Le problème

La loi peut-elle être injuste ? Le fait est que c’est vrai : il y a nombre de lois qui nous paraissent violer les principes fondamentaux de ***justice***. La loi définit ce qui est ***légal***, mais pas nécessairement ***légitime***. Cette opposition -qui ne devrait pas être- nous pousse à nous demander comment une loi peut être acceptée comme légitime par le peuple. Car il y a un paradoxe supplémentaire : Pourquoi les hommes acceptent d’obéïr aux lois, alors que ce qu’ils aiment c’est être libre ?

Pourquoi les hommes obéissent aux lois ?

Hobbes s’est intéressé à cette question, en plus de celle de l’existence de l’État (*Cf.* fiche n° 38) :

- Il avait analysé que les hommes avaient une double dimension : rationnelle et irrationnelle. La rationalité poussait les hommes à défendre leurs intérêts mais c’était contrarié par l’irrationalité qui amenait au conflit. L’idée de **Hobbes** est que c’est cette rationalité qui poussa les hommes à obéir aux lois : par peur de mourir ou d’avoir une vie misérable, ils préférèrent confier tout le pouvoir et toute leur volonté à un seul homme, pour qu’il les protégeât.
- Ce n’est pas une *dictature* que propose **Hobbes**, même si les hommes doivent obéir strictement aux lois de l’État. Car il y a un critère pour dire ce qu’est une ***bonne loi*** : la sécurité. *Vivre en paix* est la *loi naturelle* la plus forte pour les hommes. Donc une loi est *légitime* si elle me protège des torts que les autres pourraient me faire.
- **La légitimité** de la loi se déterminerait donc par son champ d’action : **Hobbes** ne parle pas de *liberté*, d’*équité* ni même de *redistribution des richesses*. Les fonctions *régaliennes* de l’État (c’est-à-dire qu’il ne peut déléguer à des entreprises privées) sont protégées et rendent la justice.

L’esprit de lois.

Montesquieu (1689/1755), magistrat et philosophe français, pensa autrement la légitimité de la loi. Sa thèse était que la loi n’est pas légitime en fonction de ce que le peuple attend d’elle, mais par rapport à sa nature même et au régime politique qui l’a produite :

- Tout d'abord la loi traduit une forme de rationalité : elle est adaptée au peuple qui la produit, à son histoire, à sa géographie, à sa religion. C'est si vrai que ce serait un miracle si une loi *légitime* aux yeux d'un pays pouvait l'être pour son voisin ! Nous pouvons prendre l'exemple de la *laïcité* en France, loi qui date de 1905 mais qui est loin d'être universelle. La laïcité française entraine la séparation entre l'État et les religions pour permettre à chacun de vivre sa foi en privé, sans que cela n'influence la vie en commun. Le président de la République a donc un pouvoir laïc. Ce n'est le cas nulle part ailleurs. En Allemagne vous auriez des cours de religion ; et aux USA le président jure sur la Bible. Pourquoi cette différence ? Car la laïcité correspond à l'histoire de la France.
- **Montesquieu** explique aussi que la nature du régime joue un rôle dans le rapport à la loi, car la loi ne régule pas que les comportements. Elle provoque aussi des sentiments forts. En monarchie le sentiment dominant est *l'honneur*, en dictature la loi doit provoquer *la peur*, et en démocratie la loi doit respecter le sentiment de *liberté* pour être reconnue légitime. C'est la raison pour laquelle, par exemple, la loi en France protège la vie privée, notamment sur Internet : la CNIL est là pour vérifier que les internautes puissent par exemple exprimer leurs opinions mais aient le droit également de cacher les détails qu'ils ne veulent pas voir utilisés par les réseaux sociaux. Les règles ne seraient pas les mêmes dans un pays autoritaire.

À retenir

« Il est dangereux de dire au peuple que les lois ne sont pas justes, car il n'y obéit qu'à cause qu'il les croit justes. »

PASCAL, *PENSÉES* (POSTHUME)

TOP CHRONO
C'est l'interro !

EXERCICE **25 min.**

1. **Donnez une définition de la *loi* qui regroupe les explications des 2 philosophes.** 5 pts/5 min.

2. ***Pour Hobbes* nous obéissons aux lois *car* :** 2 pts/5 min.

   a. nous avons peur de la police.

   b. nous avons peur de Dieu.

   c. nous avons peur des autres.

   d. nous avons peur de ne pas gagner de l'argent.

3. **Donnez les raisons pour lesquelles une loi ne peut pas être universelle selon Montesquieu.** 2 pts/5 min.

4. **Trouvez un exemple de lois aujourd'hui qui *doivent* respecter notre sentiment de liberté.** 5 pts/10 min.

5. **Trouvez ce qui fait problème dans la question suivante, c'est-à-dire pourquoi on ne peut pas simplement répondre par oui ou par non.** 4 pts/10 min.

   Sommes-nous libres grâce aux lois ?

Score .../20 pts

3e DÉBAT SUR JUSTICE & LOI : POURQUOI FAIRE UN PROCÈS AU LIEU DE SE VENGER ?

40

Le problème

Le procès est une des plus vieilles institutions humaines. Nous en trouvons des traces dès les premiers âges de l'humanité. Pourtant cette pratique contredit une tendance naturelle, celle de se venger. Nous allons voir pourquoi l'un s'est imposé à l'autre.

Fuir l'escalade de la violence.

La vengeance est assurément une forme de violence : elle consiste à répondre à un acte qui vous a fait souffrir par un autre acte qui fera également souffrir. Très vite les hommes ont senti que c'était un problème car ils ont voulu la réguler. La première trace de cette régulation est la ***loi du Talion*** dans l'Ancien Testament : Œil pour œil, dent pour dent ; ce qui veut dire que la réponse à la violence doit être proportionnée à l'attaque -si on vous crève un œil, vous avez uniquement le droit de crever un autre œil ! Néanmoins cette loi ne suffit pas, et les sociétés décidèrent de *confisquer* le *droit de punir*, pour le confier à une personne neutre -le *juge* – qui seul est habilité à fixer une peine. Pourquoi ?

- « *Le plus fort n'est jamais assez fort pour être toujours le maître, s'il ne transforme sa force en droit et l'obéissance en devoir* » écrivait **Rousseau** (1712/1778) dans son *Du Contrat Social* (1762). Qu'est-ce qu'il a voulu dire ? Que la force d'un individu ne suffit pas pour imposer son autorité, s'il ne la rend pas légitime. Or la violence n'est jamais légitime : on obéit au tyran car on a peur, mais dès qu'on peut on le trahit. C'est donc l'instabilité que l'on fuit en refusant la violence.
- **Hegel** (1770/1831) va plus loin dans son analyse : la vengeance pose le problème de la ***partialité***. Il ne faut pas que « *l'acte de réparation soit exercé par l'individu* » écrit-il, pour deux raisons : tout d'abord la *loi* doit être *universelle*, c'est-à-dire la même pour tous, si on veut garder son autorité. Or si la victime est juge, elle sera tentée d'être plus sévère envers son bourreau. ***L'objectivité de la loi*** est donc très importante. La deuxième raison est qu'il ne faut pas être sous l'emprise des *passions*, telle la *colère*, car autrement son jugement est biaisé. Il faut donc, conclut-il que la ***punition*** remplace la *vengeance*.

➠ À quoi sert un procès ?

Il est vrai que par exemple, dans le cadre d'un meurtre, un procès ne peut pas faire revivre la victime. Pourquoi la société veut-elle absolument en organiser ? Il y a 3 raisons à cela :

- Il y a la *reconstitution des faits* pour établir les *responsabilités*. Le procès est un lieu de *débats* (entre la défense et l'accusation) pour que la vérité de ce qui s'est passé puisse jaillir. Les débats sont *contradictoires* pour qu'il y ait *équité* et *objectivité*. C'est la raison la plus évidente.
- **La reconnaissance des victimes** l'est moins mais est tout aussi importante ! Lorsqu'il y a procès, cela veut dire que la société reconnait que vous êtes victimes. Nous avons vu des cas, presque caricaturaux, de jeunes gens accusés de *viol en réunion*, n'ayant pris conscience du mal qu'ils avaient fait que face aux juges. Auparavant, pour eux, ce n'était que des « jeux ». Nous voyons le même phénomène lorsque des hommes « respectables » se voient condamnés pour harcèlement sexuel. Pour leurs victimes, le procès est donc très important.
- Dernière fonction, souvent la plus ignorée : le procès doit rétablir la ***paix sociale***, c'est-à-dire qu'à l'issue de la punition, chacun doit être satisfait et tourner la page. Cela peut paraitre surprenant car on imagine mal quelqu'un être heureux de se voir puni. Et pourtant cela est résumé par cette phrase : « il a payé sa dette à la société, il est libre ». Un procès qui ne rétablit pas cette paix est un échec. Y a-t-il souvent des procès réussis ?

➠ À retenir

La vengeance n'a pas la forme du droit, mais celle de l'arbitraire. »

HEGEL, *PROPÉDEUTIQUE PHILOSOPHIQUE* (1809)

TOP CHRONO
C'est l'interro !

EXERCICE **35 min.**

1. **Distinguez *vengeance* et *punition*.** 4 pts/10 min.

....

....

....

....

....

2. **Retrouvez les deux arguments de Rousseau pour refuser la vengeance.**

4 pts/5 min.

a. ....

b. ....

3. **À quoi sert un procès ? (Plusieurs réponses possibles)** 2 pts/5 min.

a. À reconnaitre les victimes.

b. À tuer les coupables.

c. À permettre la paix sociale.

d. À frustrer ceux qui veulent la guerre.

4. **Essai personnel : en 50 mots, pensez-vous qu'un procès peut satisfaire une victime ? Utilisez les éléments expliqués dans cette fiche.** 10 pts/15 min.

....

....

....

....

....

Score .../20 pts

LE CONCEPT DE BONHEUR

41

Le bonheur ? Ce serait un bonheur de savoir ce que c'est !

Tout le monde semble vouloir être heureux, et pourtant lorsqu'on en cherche la définition, il n'y a rien de plus difficile. Il semble que chacun ait sa propre vision du bonheur. C'est le premier paradoxe.

Le second est que nous vivons dans une société qui a fait du bonheur individuel un idéal et une finalité marchande : on nous propose sans cesse des recettes pour être heureux : une nouvelle voiture, des vacances de rêve, une vie de couple idéale, voire des produits plus ou moins légaux à avaler, pour oublier notre malheur. Pourquoi, s'il est naturel de vouloir être heureux, n'est-il pas naturel d'être heureux ?

Définition du bonheur

Voltaire (1694/1778) écrivit un article dans *L'Encyclopédie* (dirigée par **Diderot**) intitulé « *Heureux, heureuse, heureusement* » (1755). Il y expliqua que le bonheur était une forme de plaisir, mais qui ne devait pas être fugace. Il faut rechercher plutôt la félicité, c'est-à-dire le plaisir sur le long terme. Voilà comment nous pouvons distinguer les niveaux de plaisirs :

- Il y a le contentement : être satisfait de ce qu'on possède. Ce qui implique ne pas désirer ce qu'on ne possède pas. Une des clefs du bonheur sera donc une réflexion sur ce que l'on a, ce dont on a besoin, et ce qui nous fait envie. Des philosophies ***eudémonistes*** (c'est-à-dire qui font du bonheur la finalité de l'existence) ont travaillé sur ce problème.
- Le Bonheur peut être aussi une forme ***d'ataraxie***, c'est-à-dire ***la paix de l'âme***. Dans ce cas il y a la volonté d'ôter tout trouble dans nos existences, pour jouir d'une réelle tranquillité.
- Il y a également l'*accomplissement de soi*. Dans ce cas le bonheur est le dernier acte d'un cheminement qui peut être douloureux et long. Mais le résultat peut être d'autant plus intense en bonheur.
- Il y a enfin le bonheur comme ***félicité***, c'est-à-dire une joie sur un très long terme. C'est sans doute ce que recherchent le plus grand nombre de personnes, mais c'est aussi ce qui est le plus difficile à atteindre.

Pourquoi le bonheur serait-il la seule finalité de l'existence ?

Nous pouvons renverser le problème : pourquoi être obsédé par la recherche du bonheur, si au final cela nous rend malheureux (à force de ne pas être heureux) ? Pourquoi ne pas organiser sa vie autour d'autres buts ?

- **Blaise Pascal** (1623/1662) va critiquer cette fascination pour le bonheur en analysant la réalité même du bonheur : existe-t-il réellement ? N'est-ce pas juste une illusion ? Il va avoir une réflexion, entre autres, sur notre rapport au temps : Nous regrettons le passé (nostalgie) où nous espérons l'avenir, mais jamais nous ne profitons du présent. Pourquoi ? N'est-ce pas parce que nous ne sommes pas heureux ? N'est-ce pas que notre vie est misérable ? Ou est-ce que l'être humain s'ennuie lorsqu'il n'a que le bonheur comme contenu de son existence ?
- **Kant** (1724/1804) pensait notamment que l'existence humaine pouvait se construire autour d'une autre finalité, par exemple notre ***devoir moral*** : Le bonheur est une question trop vague pour en faire une direction claire. Il vaut mieux le *sacrifier* pour le ***Souverain Bien***. Ainsi notre existence aura un sens plus clair et cela nous rendre ***digne du bonheur***, à défaut d'être heureux.

Voilà pourquoi le bonheur n'est pas nécessairement la finalité de notre vie. La philosophie ***eudémoniste*** n'est pas le seul possible.

Nous reverrons ces trois problèmes au cours des fiches n° 42,43 & 44.

À retenir

« Un obstacle au bonheur, c'est de s'attendre à trop de bonheur. »

FONTENELLE, *DU BONHEUR* (1724)

TOP CHRONO
C'est l'interro !

EXERCICE **30 min.**

1. Distinguez les différents sens du bonheur, vu par Voltaire. 2 pts/5 min.

....

....

....

....

2. Expliquez pourquoi l'accomplissement de soi n'est pas toujours lié au plaisir. 2 pts/5 min.

....

....

....

....

3. Qu'est-ce que l'ataraxie ? 2 pts/5 min.

a. une recette pour être heureux.

b. la volonté de gagner de l'argent.

c. la paix et la tranquillité de l'âme.

d. la peur de s'ennuyer.

4. Expliquez dans un court paragraphe (4 lignes/50 mots) pourquoi on peut choisir de ne pas être heureux. 5 pts/10 min.

....

....

....

....

5. Trouvez ce qui pose problème, c'est-à-dire pourquoi on ne peut pas directement répondre par oui ou par non à la question suivante, en vous appuyant sur les problèmes expliqués dans cette fiche. 4 pts/5 min.

Faut-il être riche pour être heureux ?

....

....

....

....

Score .../15 pts

1er DÉBAT SUR LE BONHEUR : EXISTE-T-IL UNE RECETTE POUR ÊTRE HEUREUX ?

42

Problème

Les Grecs ont produit un miracle : celui de la rationalité. Ce furent les premiers à abandonner la superstition au profit d'une recherche des causes et des effets des phénomènes. La question du bonheur n'échappa pas à ce phénomène, loin s'en faut. Peu ou prou toutes les philosophies grecques furent ***eudémonistes***, c'est-à-dire qu'elles faisaient du bonheur la fin de toute existence.

Simplement reste une question : comment être heureux ? Nous allons voir si, grâce à la *rationalité*, nous pouvons trouver des recettes pour être heureux, avec deux écoles de philosophie très célèbres.

L'Épicurisme et la recherche *hédoniste*

Épicure (341/270 av. J.-C.) est un philosophe qui cherchait la clef du bonheur et pour cela il voulait utiliser les dispositions propres aux hommes, entre autres le raisonnement. Il inspira plus tard le fameux *carpe diem*, « profite du moment présent », repris par tous les *épicuriens*. Mais pour bien comprendre cette phrase, il faut être sûr d'en maîtriser tous les fondements :

- **Épicure** était un philosophe *matérialiste*, ce qui veut dire que pour lui *seule la matière existe*. Même l'esprit n'est qu'une émanation du corps (autrement dit notre esprit n'est rien d'autre que notre cerveau). Conséquence de cela : le ***Bien*** c'est la *sensation de plaisir*. Le *mal*, c'est la *sensation de douleur* ; c'est ce qu'on appelle ***l'hédonisme***.
- Autre conséquence : Il ne faut pas avoir peur ni de la mort ni des dieux, car la mort est la destruction du corps. Or, sans corps, pas de sensation. Sans sensation, pas de plaisir, donc rien n'est important. Il faut se concentrer sur le moment entre la naissance et la mort, c'est-à-dire la vie. Sots sont ceux qui passent leur existence à avoir peur de la mort ou qui croient que les dieux les surveillent. Ils devraient plutôt profiter du moment présent.
- Par contre il y a 2 problèmes :
  a) Certains plaisirs amènent à de la douleur.
  b) On s'habitue aux plaisirs et lorsqu'on ne peut pas les renouveler, on souffre (frustration).
- Donc, pour ***être heureux***, il faut travailler sur nos *désirs* : si on ne désire pas quelque chose qu'on ne peut pas obtenir, on n'est jamais malheureux. C'est ce qu'il appelle ***l'ataraxie***, la paix de l'âme.

- Voilà donc la clef du bonheur : n'ayez jamais honte de prendre du plaisir, mais ne désirez jamais ce que vous n'avez pas. Sympathique, non ?

Le stoïcisme

Le stoïcisme est une philosophie plus dure que l'épicurisme. Mais elle eut un tel retentissement, depuis ses fondateurs contemporains d'Epicure jusqu'à Montaigne et Descartes (XVIe et XVIIe siècles) que cela en fait sans doute LA philosophie la plus influente de tous les temps !

- Tout comme l'épicurisme, le stoïcisme est une philosophie *eudémoniste*, mais pas *hédoniste*. Ils recherchent *l'ataraxie* et veulent aussi lutter contre les *désirs*. Mais pour cela ils préfèrent apprendre à supporter leur frustration, plutôt que les éviter.
- Le principe fondamental du stoïcisme est de *distinguer* ***ce qui dépend de nous*** *de* ***ce qui ne dépend pas de nous***. Cette distinction *rationnelle* nous permettra de trouver la vraie *liberté*, car on ne désirera plus changer ce qui ne dépend pas de nous. C'est-à-dire la mort, la maladie, l'opinion des autres, etc. Ce qui dépend de nous, ce sont pour l'essentiel nos désirs. Maîtrisons-les et grâce à un entraînement nous pourrons apprendre à supporter tout le reste.
- L'exemple le plus légendaire est l'esclave **Epictète** (50/135 apr. J.-C.) : lorsque son maître se mettait en colère et le frappait, il attendait et supportait (car la colère de son maitre ne dépendait pas de lui). Du coup il possédait une véritable *liberté intérieure* : Son maître ne lui faisait pas peur. Il était indépendant.

À retenir

« L'homme qui ne se contente pas de peu ne sera jamais content de rien. »

ÉPICURE, *MAXIMES* (IVe SIÈCLE AV. J.-C.)

TOP CHRONO
C'est l'interro !

EXERCICE **35 min.**

1. Expliquez clairement la différence entre *épicurisme* et *stoïcisme* ? 4 pts/10 min.

....

....

....

....

2. Retrouvez les deux arguments donnés par Epicure, pour renoncer aux *désirs* 4 pts/5 min.

a. ....

b. ....

3. Épictète est libre car (plusieurs réponses possibles) : 2 pts/5 min.

a. il n'a plus peur de son maître et du mal qu'il pourrait lui faire.

b. il ne désire pas ce qui ne dépend pas de lui.

c. son maitre a peur de lui.

d. son maitre a décidé de respecter son ataraxie.

4. Essai personnel : en 50 mots, expliquez pourquoi vous pourriez ou pas choisir le mode de vie proposé par Épicure ou Épictète. 10 pts/15 min.

....

....

....

....

....

....

Score .../20 pts

2e DÉBAT SUR LE BONHEUR : TOUS LES PLAISIRS SE VALENT-ILS ?

43

Problème

Tout le monde associe le bonheur au ***plaisir***, voire à la quantité la plus grande de plaisir. Si on faisait un sondage dans une classe, sans doute beaucoup d'élèves répondraient qu'il faut avoir de l'argent pour pouvoir s'offrir tout ce qu'ils aimeraient ! Simple comme bonheur !

Néanmoins cette question de *quantité* de plaisir doit être accompagnée de la question de la *qualité* de ces plaisirs : peut-on mettre sur le même plan toutes les formes de jouissance ? Ne doit-on pas aussi réfléchir sur les conséquences de nos choix ? C'est ce que va faire un courant de philosophie anglaise : ***l'utilitarisme***.

Bentham et le calcul des plaisirs.

Jeremy Bentham (1748/1832) était un philosophe anglais qui a voulu réagir contre la philosophie morale de **Kant** (*Cf.* fiche n°33 & 43). Le philosophe allemand pensait qu'il fallait favoriser nos intentions morales et non pas les conséquences de nos actes. Au contraire, pour **Bentham**, de bonnes intentions peuvent provoquer de terribles conséquences ! L'enfer est pavé de bonnes intentions, pour reprendre l'adage populaire. Il va élaborer une philosophie pour éviter ces conséquences catastrophiques :

- Le premier point que le bonheur est la finalité de l'existence et nous pouvons trouver grâce au *plaisir* un critère pour déterminer ce qui est ***bien*** ou ***mal***. En ce sens l'***utilitarisme*** est très proche de l'***épicurisme***. Sauf que Bentham n'est pas choqué par l'idée qu'il faut défendre son intérêt, parfois au détriment du bien collectif.
- Il faut calculer *le plus grand bonheur pour le plus grand nombre possible de personne*. Cela veut dire que ***le bonheur*** est une question de *quantité* et non de *qualité* : il suffit d'additionner les plaisirs que provoque une action, pour savoir si elle est bonne. Par exemple -exemple un peu cynique- si un médecin doit choisir entre sauver une personne très âgée et un petit enfant, c'est ce dernier qui doit être pris en charge car les conséquences de sa mort seront plus douloureuses.
- **Philippa Foot** (1920/2010) formula un exemple célèbre pour illustrer ce type de choix : imaginez que vous soyez conducteur d'un tramway. Les freins lâchent. Vous ne pouvez pas arrêter votre engin et vous allez tout droit sur 5 ouvriers qui vont être tués, écrasés. Le seul moyen de les sauver est de tourner sur une voie

à droite où 1 seul ouvrier travaille. Que choisissez-vous ? Tuer 5 personnes ou 1 seule ? Bien entendu la réponse semble ne faire aucun doute.

- **L'industrie automobile** a repris ce dilemme pour travailler sur les algorithmes des voitures sans conducteur : que doit faire le pilote automatique si un enfant traverse la route et qu'il n'a plus le temps de freiner : doit-il l'écraser ou sacrifier la famille dans la voiture en fonçant dans un platane ? La réponse devient plus difficile. Qui achètera une voiture programmée pour sacrifier potentiellement ses occupants ?

John Stuart Mill et la question de la *qualité* des plaisirs.

John Stuart Mill (1806/1873) est un disciple de Bentham. Mais il rajouta une subtilité dans le calcul des plaisirs : il faut distinguer ce qui apporte du plaisir et le plaisir qu'on estime de qualité :

- Un imbécile est plus facilement heureux qu'un grand philosophe, car il est moins exigeant. Mais qui a un bonheur de qualité ? Pour le savoir il faut connaître les 2. Or seul le philosophe peut à la fois connaître le plaisir d'un imbécile et le sien.
- Si vous testez les 2 plaisirs, quel est le plus estimable ? Demandez-vous pour répondre lequel vous souhaiteriez pour vos enfants : Si vous deviez conserver une seule source de plaisir et choisir par exemple entre la *télé-réalité* et *Shakespeare*, lequel serait sélectionné ? Sans doute le second.

À retenir

« Aucun être intelligent ne consentirait à être un imbécile, même s'il avait la conviction que l'imbécile est plus heureux que lui. »

Stuart Mill, *L'utilitarisme* (1861)

TOP CHRONO
C'est l'interro !

EXERCICE **35 min.**

1. **Faites le test de Stuart Mill : quoi choisir entre la téléréalité et Shakespeare ? Expliquez votre choix.** 4 pts/10 min.

   ....

   ....

   ....

   ....

2. **Dans la situation du chauffeur de tramway, trouvez deux arguments pour justifier votre choix.** 4 pts/5 min.

   a. ....

   b. ....

3. **Bentham est utilitariste car (plusieurs réponses possibles) :** 2 pts/5 min.

   a. il veut le plus grand plaisir pour le plus grand nombre.

   b. il veut des intentions pures pour choisir le bien.

   c. il veut le plus grand plaisir pour lui avant celui des autres.

   d. il vaut le plus grand plaisir pour ceux qui le méritent.

4. **Essai personnel : en 50 mots, imaginez ce que peuvent être le *bien* et le *bon choix* pour une voiture automatique qui devra *choisir* en cas de danger.**

   10 pts/15 min.

   ....

   ....

   ....

   ....

Score .../20 pts

3ᵉ DÉBAT SUR LE BONHEUR : LE BONHEUR EST-IL LA SEULE FINALITÉ DE L'EXISTENCE ?

44

Problème

Le bonheur devient presque une dictature : Tout le monde doit être heureux dans notre société ! Ce qui a pour résultat un nombre considérable de personnes malheureuses qui ont l'impression d'avoir raté leur vie… et qui prennent des antidépresseurs pour oublier qu'ils ne sont pas heureux. Est-ce que cette obsession du bonheur n'est pas elle-même un piège ? Ne peut-on pas s'en sortir en trouvant d'autres voies possibles, alternatives au bonheur ? Nous allons voir cela à travers deux philosophes qui remettent en question ***l'eudémonisme*** ambiant (*Cf.* Fiche n°41).

Le divertissement

Blaise Pascal (1623/1662) ne croyait pas que l'homme fut fait pour être heureux. Il dénonça même dans son œuvre posthume, ***Les Pensées***, cette illusion que l'on appelle le bonheur :

- Le premier point que note **Pascal** est que l'homme ne vit jamais dans le *présent*, mais toujours dans le passé -avec la nostalgie ou dans le futur -dans les fantasmes. Cette inconstance témoigne du fait que nous ne pouvons pas être réellement *heureux*. Bien plus cela veut dire que l'être humain passe son temps à vouloir *oublier qui il est*, car autrement il serait obligé de constater que *sa vie est misérable*. **Pascal** nomme cela ***l'ennui***. La principale source du bonheur est donc de *fuir* ce que nous sommes, ce qui est paradoxal !
- **Pascal** poursuit est expliquant que les principales sources du bonheur ne sont que des ***divertissements***, c'est-à-dire des moyens d'oublier notre véritable condition : nous allons mourir et disparaitre. « Une seule goutte dans l'univers » suffit à nous écraser. Pour éviter de déprimer, nous nous lançons dans des activités qui nous permettent d'oublier. Le bonheur est donc de ne pas savoir, de ne pas être conscient. Cela peut être la recherche de plaisirs incessants, mais aussi le travail et l'accumulation de richesses. **Pascal** trouve cela absurde mais tout à fait vérifié.

Le bonheur, simple produit de l'imagination ?

Kant (1724/1804) considérait que le ***devoir moral*** était plus nécessaire que le ***bonheur***. Son argument principal est que le bonheur ne pouvait pas faire l'objet d'une connaissance claire :

- Tout le monde veut être heureux. Mais que veulent-ils réellement ? Veulent-ils la bonne santé ? Ils vont s'apercevoir que pour être en pleine forme il faut passer sa vie à sacrifier toute une série de plaisirs. Veulent-ils la richesse ? Tel le roi **Midas**, ils vont sacrifier tous les autres bonheurs à la recherche d'argent (par exemple l'amitié, l'amour de sa famille, ses valeurs morales). Que désirent-ils exactement alors ? Le bonheur ? Pour **Kant**, ce n'est qu'un mot vide.
- **Le bonheur** serait donc le fruit d'une imagination, d'un fantasme. Nous ne serions heureux que par accident. C'est très bien pour ceux qui le sont. Mais il ne faut pas en faire une ***finalité de l'existence*** (ce que feraient les ***philosophies eudémonistes***). Il vaut mieux chercher à être ***digne du bonheur***. Il faut chercher des actions qui permettent à se sentir meilleurs et ainsi ne pas culpabiliser lorsqu'on est heureux.
- Voilà ce que propose **Kant** : faites toujours en sorte que ce que vous voulez puisse devenir une *loi universelle*. Il y a un exemple célèbre pour expliquer cette proposition : **Antigone** voit le corps de son frère mort pourrir devant les murailles de la ville de Thèbes. Elle décide de l'enterrer malgré l'interdiction du roi. Elle sait qu'elle va être condamnée à mort, mais elle préfère cela à être heureuse : Pour elle, le bonheur serait impossible si elle vivait dans l'indignité.

À retenir

« Ainsi nous ne vivons jamais, mais nous espérons de vivre, et, nous disposant à être heureux, il est inévitable que nous ne le soyons jamais. »

PASCAL, PENSÉES (POSTHUME).

TOP CHRONO
C'est l'interro !

EXERCICE **40 min.**

1. Retrouvez l'histoire complète d'Antigone et montrez pour elle a préféré la dignité au bonheur. 4 pts/15 min.

....

....

....

2. Retrouvez les deux arguments principaux dégagés par Kant pour expliquer que le bonheur ne doit pas être *le but* de la vie 4 pts/5 min.

a. ....

b. ....

3. Pascal pense qu'on ne vit pas dans le présent car (plusieurs réponses possibles) : 2 pts/5 min.

a. on a l'espoir d'être heureux dans le futur.

b. on a la nostalgie d'un bonheur perdu.

c. on veut ce qu'on n'a pas.

d. on ne supporte pas ce qu'on est (on s'ennuie).

4. Essai personnel : en 50 mots, vous vous demanderez si vous pouvez souhaiter vivre dans une société qui refuse à ses citoyens d'être heureux ? Prenez des exemples historiques : Sparte, l'Allemagne nazie, les USA, La Corée du Nord. 10 pts/15 min.

....

....

....

....

Score .../20 pts

FICHE RÉCAPITULATIVE : LA LIBERTÉ

45

Rôle de cette fiche

La philosophie ne s'apprend pas, expliquait Kant. Cela veut dire que cela ne sert à rien d'apprendre par cœur des connaissances. Du moins cela ne suffit pas. Pour faire une bonne dissertation ou explication de texte, il faut relier les questions qu'on vous pose avec les problèmes philosophiques vus en cours d'année. Si vous faites ce lien, vous aurez appris non pas *la philosophie*, mais à *philosopher*.

Nous allons donc voir les **problèmes philosophiques** liés aux chapitres précédents (fiches 41 à 44) regroupés sous le thème de la liberté.

Sommes-nous réellement libres ?

Le problème de la liberté est celle de son existence : Si être libre c'est faire ce qu'on veut, dans ce cas nous ne sommes jamais vraiment libres. Il y a toujours des obstacles qui s'opposent à nous.

- Il y a des philosophes (Spinoza entre autres) qui supposent du coup que ***la liberté est une illusion*** si on croit qu'être libre c'est faire n'importe quoi. Il y a toujours une multitude de causes qui nous déterminent et que nous ignorons. Être libre, ce ne serait rien d'autre que *faire ce pour quoi nous sommes faits*.
- **La liberté n'est pas l'irresponsabilité**, bien au contraire. Être libre implique d'être responsable des conséquences de nos actes. Et découvrir les causes qui nous influencent est aussi une source de moralité : Lorsque la psychanalyse nous permet de prendre conscience de nos névroses, ce n'est pas pour accepter tous les débordements.
- **Le déterminisme n'est donc pas le fatalisme** : Prendre conscience des obstacles nous apprend à voir ce qui de l'ordre du possible, les choix que nous pouvons encore faire. Tout compte fait cela nous permet d'être libres malgré les obstacles.

La loi et la justice peuvent-elles nous garantir notre liberté ?

Qu'attend-on de l'État ? Les lois sont faites pour nous protéger. Mais comment comprendre pourquoi elles limitent notre liberté ?

- **L'État de droit** est le fait qu'un État respecte ses propres lois. Notamment qu'il respecte nos droits. Mais un débat a été engagé pour savoir quels sont ces droits ? Est-ce la liberté totale, ou la sécurité ? Faut-il choisir ?

- **La légitimité de la loi** en démocratie, passe d'ailleurs par le respect du *sentiment de liberté*. Par exemple la surveillance vidéo dans nos démocraties modernes pose la question : doit-on abandonner nos libertés, pour se sentir préservé de tout danger ?
- **La vengeance** est un autre exemple : la loi existe pour nous protéger des excès de violence, c'est la raison pour laquelle il y a ***la justice*** qui confisque toute vengeance.

➡ Être heureux, n'est-ce pas le signe ultime de notre liberté ?

Le bonheur reste la question ultime de la liberté : à quoi cela sert d'être libre si on ne peut pas être heureux ?

- **Les philosophies eudémonistes** donnent des solutions rationnelles pour être heureux, que ce soit ***l'hédonisme*** d'*Epicure* ou le ***stoïcisme*.** Mais ces recettes deviennent un tel contrôle de soi qu'elles sont parfois inapplicables.
- **L'utilitarisme**, philosophie anglaise, propose de calculer la somme des plaisirs qui peut amener au bonheur. Mais il faut alors distinguer la *quantité* de la *qualité* du plaisir.
- Reste à considérer que pour être vraiment libre, il vaut mieux ***ne pas vouloir être libre***, ainsi que le proposent **Pascal** et **Kant**, pour se consacrer à des tâches plus nobles, telle que la réalisation du Bien sûr Terre et être *digne du bonheur*.

➡ À retenir

« L'angoisse est le vertige de la liberté. »

KIERKEGAARD, *LE CONCEPT D'ANGOISSE* (1843)

TOP CHRONO
C'est l'interro !

EXERCICE **45 min.**

1. **Donnez au moins trois grands problèmes philosophiques rencontrés dans cette partie du programme.** 4 pts/10 min.

   a. ....

   b. ....

   c. ....

2. **Expliquez pourquoi la liberté a besoin de la loi pour exister.** 4 pts/10 min.

   ....

   ....

   ....

   ....

3. **Comment peut-on choisir son *bonheur* ? (Plusieurs réponses possibles)** 2 pts/5 min.

   a. en calculant la somme de ses plaisirs et douleurs.

   b. en refusant d'obéir aux lois.

   c. en contrôlant ses désirs.

   d. en acceptant de supporter ce qui ne dépend pas de nous.

4. **Expliquez dans un court paragraphe (4 lignes/ 50 mots) la différence entre quantité et qualité de plaisirs.** 5 pts/10 min.

   ....

   ....

   ....

   ....

5. **Trouvez ce qui pose problème, c'est-à-dire pourquoi on ne peut pas directement répondre par oui ou par non à la question suivante, en vous appuyant sur les problèmes expliqués dans cette fiche.** 5 pts/10 min.

   Pour être heureux, faut-il être libre ?

   ....

   ....

   ....

   ....

Score .../20 pts

PARTIE 2

EXERCICES ET SUJETS CORRIGÉS

L'INTRODUCTION – À PARTIR DU SUJET *POUR TROUVER LE BONHEUR, FAUT-IL LE RECHERCHER ?* (SUJET JUIN 2017)

46

À quoi sert une introduction ?

Une introduction a deux fonctions essentielles : montrer ce qui pose problème, c'est-à-dire pourquoi on nous pose une telle question. Et donner les définitions principales des termes utilisés.

Pour cela votre introduction doit **toujours** suivre trois étapes :

a) L'accroche et l'explication du problème

b) La définition des principaux concepts.

c) L'annonce de votre plan

➡ Ce qu'il ne faut pas faire

1. Ne pas expliquer le sens de la question et l'imposer comme une évidence.

Exemple :
« *Le bonheur, tout le monde le recherche. Mais pour trouver le bonheur, faut-il le chercher ? Nous verrons d'abord les raisons de dire oui, puis la thèse inverse.* » Cette version minimaliste ne permet pas de comprendre le sens de la question

2. Ne pas définir les termes du sujet, surtout avec des questions qui semblent aussi évidentes.

Évitez des phrases du type : « *le bonheur, c'est être heureux* ». Il faut vraiment chercher dans votre cours les définitions nécessaires (ou dans les fiches de ce livre).

3. Employer des phrases creuses

Exemple : « *À première vue si on ne recherche pas le bonheur on ne peut pas le trouver, mais on peut aussi dire qu'on peut trouver le bonheur sans le chercher. On se posera la question : Comment atteindre le bonheur ?* » Ce début est mauvais car il débouche automatiquement sur le relativisme du « *ça dépend des cas* » qui fera des constats contradictoires, alors qu'une bonne dissertation est une thèse défendue à partir d'un problème.

➡ Ce qu'il faut faire

1. Une bonne introduction commence toujours par une accroche

Il faut prendre un exemple issu de votre vie, d'un film ou une anecdote. Puis vous faites le lien avec la question posée.

Exemple :
« *La France est un pays riche où la plupart des gens ont une vie décente. Pourtant beaucoup sont malheureux et font des dépressions. Est-ce que cela veut dire que pour trouver le bonheur, il faut le chercher ?* »

2. Définir les termes du sujet

À partir de notre exemple, Il faut **définir** le concept de *bonheur*, qui visiblement est au cœur de la question. Une bonne méthode est de distinguer le *bonheur* des autres mots -bien entendu après avoir appris votre cours sur le bonheur !

Exemple :
« *Le bonheur est un sentiment de bien-être sur le long terme. Il est différent du plaisir éphémère et va plutôt rechercher une forme d'accomplissement.* »

3. Annoncer votre plan, en évitant la simple opposition oui/non.

Il faut essayer d'être le plus clair possible : le correcteur doit pouvoir reconnaître tout de suite la logique de votre raisonnement.

Exemple :
« *Dans un premier temps nous verrons une telle question est paradoxale, puis en quoi certaines philosophies peuvent nous permettre de comprendre néanmoins qu'une recherche méthodique est préférable à un bonheur hasardeux.* »

Voilà un exemple d'une bonne introduction

« Le bonheur est un sentiment fuyant : on a l'impression de l'avoir connu que lorsqu'il a disparu, par exemple lorsqu'on a pu assister à un championnat de football où son équipe préférée a gagné. Est-ce que cela veut dire que le bonheur arrive toujours par surprise ? (*Voilà pour l'accroche*) Le bonheur est un sentiment de bien-être, plus profond et plus durable que le simple plaisir (*définition du concept*). Nous pouvons nous demander alors si le bonheur peut faire l'objet d'une recherche consciente ou s'il faut seulement l'attendre. (*Problème formulé*). Nous allons voir dans un premier temps en quoi le bonheur peut être le fruit de la chance, puis s'il ne faut néanmoins pas faire l'effort de le rechercher. (*Annonce du plan*)

Dernier conseil : une introduction doit se rédiger au brouillon, en même temps que le plan et la conclusion, pour que l'ensemble soit cohérent !

TOP CHRONO
C'est l'interro !

EXERCICE **30 min.**

1. **Entre ces trois accroches, choisissez la meilleure et expliquez pourquoi.** 5 pts/5 min.

   – « Le bonheur ça se trouve ou pas. Ça dépend des gens. »

   – « Un enfant est souvent heureux naturellement, sans qu'il le recherche particulièrement. Peut-être parce qu'il est innocent »

   – « Faut-il rechercher le bonheur ? La question se pose et nous allons répondre d'abord oui, puis non »

2. **Définissez le concept de bonheur, en le distinguant de ses opposés (et en utilisant la fiche 41).** 5 pts/10 min.

3. **Quelles sont les trois étapes nécessaires à une bonne introduction ? Plusieurs réponses sont donc attendues.** 5 pts/5 min

   a. le nom d'un philosophe

   b. la définition du ou des concepts principaux.

   c. Des exemples

   d. Une accroche qui présente le problème.

   e. Un plan annoncé

   f. Une phrase d'humour.

4. Reconnaissez un vrai d'un faux problème : choisissez parmi les suivants celui qui vous paraît le plus fertile pour une dissertation et justifiez votre choix.

5 pts/10 min.

a. Comment être heureux ? En cherchant le plaisir et c'est tout.

b. Le bonheur semble s'éloigner au fur et à mesure qu'on le recherche sans qu'on sache pourquoi.

c. Pourquoi ne pas chercher le bonheur ? Il vaut mieux attendre et voir ce qui se passe. »

....

....

....

....

....

Score .../20 pts

TROUVER LE BON PLAN

47

Comment construire un plan ?

Un plan peut se construire en 2 ou 3 parties. Bien entendu il faut le faire au brouillon avant de le rédiger.

Les deux écueils à éviter sont :
a) La simple opposition entre oui et non
b) L'absence de progression en cumulant les cas particuliers sans souci de progression.
L'inverse le bon plan est celui qui montre que vous avez **progressé dans la compréhension du problème**. Retenez qu'effectivement en philosophie on ne vous demande pas une réponse simple et rapide mais de montrer ce qui fait problème, voire de démontrer que la réponse est plus compliquée qu'il n'y paraît.

Ce qu'il ne faut pas faire

Un mauvais plan est un plan qui n'est pas cohérent. C'est-à-dire que le correcteur ne comprend pas comment vous passez d'une partie à l'autre. Nous vous présentons trois cas à éviter absolument :

– Le plan oui/non (appelé autrement thèse/antithèse) :
a) Oui il faut rechercher le bonheur.
b) Non il ne faut pas le rechercher.
Facile à rédiger, car très mécanique et utilisable sur toutes les questions, il faut pourtant l'éviter car il n'explique pas le problème philosophique

– Le plan qui décrit des cas particuliers du type :
a) Ce qui me rend heureux, c'est ceci ou cela et je sais comment faire pour y arriver.
b) Mais parfois certains ne sont pas d'accord avec moi et recherchent autre chose.
c) Mais on ne peut pas être d'accord, c'est pour cela qu'il n'y a pas de règles.

– Le plan qui étudie le sens des mots dans chaque partie et qui répond à la question dans une troisième ou dans la conclusion :
a) Qu'est-ce que le bonheur ?
b) Comment faire pour le rechercher ?
c) Je réponds : oui il faut le rechercher.
Ce plan a le défaut d'oublier l'analyse du problème et de découper la question en l'occultant. À proscrire absolument !

– Il y a enfin l'absence de plan, ou chaque partie n'a rien à voir avec l'autre :
a) Le bonheur c'est quand tout le monde est heureux.

b) Le bonheur s'arrête lorsqu'on est obligé de faire ce qu'on n'aime pas.
c) Mais le bonheur peut aussi se trouver en vacances avec des rencontres nouvelles.

Ce qu'il faut faire

1. Un bon plan ne cherche pas juste à collectionner les réponses possibles. C'est le secret qu'il faut que vous compreniez pour réussir à le construire.

Un plan sert à montrer les différentes faces d'un problème et/ou du paradoxe suscité par la question; Pour cela il doit respecter **deux règles**: chaque partie doit compléter les autres (et non s'y opposer) et il faut toujours respecter le problème mis à jour dans l'introduction.

Sur une question comme ***Pour trouver le bonheur, faut-il le rechercher?*** il faut surtout éviter les lieux communs et vraiment explorer toutes les dimensions que pose la question. Pour cela vous devez connaître votre cours sur la notion du bonheur, afin d'être plus inspiré.

Voilà un exemple de plan (mais bien entendu ce n'est pas le seul possible):
a) La recherche du bonheur, c'est une des plus vieilles obsessions de l'humanité
b) Mais le bonheur est-il définissable? Peut-on rechercher ce qu'on ne connaît pas?
Ce plan montre une rupture, mais pas une opposition. La rupture est entre l'espoir de trouver le bonheur et la lucidité lorsqu'on ne le trouve pas.
Un autre type de plan peut aussi aborder les différents aspects du concept principal -ici *le bonheur*- pour montrer que des réponses différentes sont possibles:

a) Si le bonheur, c'est le plaisir et l'ataraxie comme l'explique Epicure (*Cf.* fiche 42) peut-être qu'il existe une recette pour le trouver.

b) Si le bonheur est au contraire une forme de nostalgie ou un fantasme (*Cf.* fiche 44), il vaut mieux chercher d'autres buts dans la vie, et être heureux indirectement.

Un dernier type de plan s'appuie sur une compréhension plus riche des mots utilisés, notamment grâce à l'étymologie du mot bonheur:
a) Le mot bonheur vient de *heur* qui signifie « chance ». Ne suppose-t-il pas que le bonheur n'est qu'une affaire de chance?
b) En effet rechercher le bonheur, c'est désirer. Donc on désire quand on n'est pas heureux et/ou on désire ce qu'on n'a pas. Rechercher le bonheur est alors une perte de temps.
Un tel plan suppose (comme les 3 autres d'ailleurs) des *connaissances* et pas simplement des préjugés. Notez aussi qu'il n'y a pas de rupture entre les deux parties. Ce n'est donc pas obligatoire.

Votre plan, en série technologique, peut se composer que de deux parties. Faire trois parties n'est pas nécessaire. Il vaut mieux faire moins, mais que ce soit cohérent.

TOP CHRONO
C'est l'interro !

EXERCICE **40 min.**

1. **Dites si le plan suivant vous paraît bon, et justifiez pourquoi.** 5 pts/5 min.

   – Être heureux, cela s'apprend. / Mais parfois il vaut mieux se laisser vivre.

   ....

   ....

2. **Imaginez la deuxième partie (cohérente) qui pourrait suivre celle qui suit.** 5 pts/10 min.

   1) Le bonheur, ce serait toujours rechercher ce qu'on ne possède pas.

   ....

   ....

   2) Dans ce cas il faudrait plutôt

   ....

   ....

3. **Quelles sont les règles d'or d'un bon plan ?** 5 pts/5 min.

   a. Avoir des parties qui se contredisent toujours et terminer par une dernière partie où on écrit « peut-être que… ».

   b. Définir à chaque partie les mots importants et répondre uniquement dans la conclusion.

   c. Que les parties soient cohérentes et en lien avec la question posée dans l'introduction.

   d. Ecrire des parties qui se complètent avec toujours les mêmes exemples.

4. **En reprenant les fiches 41 à 44, inventez votre propre plan, en deux ou trois parties, avec une question centrale à rédiger avant :** 10 pts/15 min.

   Question centrale : ....?

   1. ....

2. ....

3. ....

N'oubliez pas que votre réponse à toutes ces questions n'a pas besoin d'être simple et définitive. Posez les questions, c'est déjà beaucoup !

5. **Pour montrer la cohérence entre chaque partie, écrivez une phrase de transition entre les deux parties suivantes.** 5 pts/5 min.

1) La recherche du bonheur passe par la recherche des plaisirs (*Cf.* fiche 42) mais tous les plaisirs ne mènent pas au bonheur (fiche 43)

Transition :

....

....

2) Le bonheur est compris comme tel qu'une fois qu'il est passé, car on comprend uniquement après ce qui nous rendait heureux. On ne sait jamais quand on est heureux.

Score .../30 pts

L'UTILISATION DES CONNAISSANCES ET DES CITATIONS – À PARTIR DU SUJET *Y A-T-IL UN MAUVAIS USAGE DE LA RAISON ?* (SUJET JUIN 2017)

48

Le bon usage des connaissances ?

Beaucoup d'élèves ne révisent pas avant leur épreuve de philosophie, ce qui bien sûr est une erreur ! La preuve : ce sujet de dissertation était impossible sans avoir des connaissances précises.

Mais cela ne veut pas dire qu'il faille juste réciter le cours. C'est toute la difficulté de la dissertation : Il faut que les connaissances servent pour soutenir vos arguments. Le plus important reste le **problème philosophique** que vous avez trouvé.

La citation est une phrase *apprise par cœur* dont on connaît *l'auteur* et qui permet d'*illustrer* son argument. Mais attention il ne faut pas à tout prix mettre une citation qu'on connaît, si cela n'a rien à voir avec le reste. Ce sera contre-productif.

Ce qu'il ne faut pas faire

1. Plaquer une connaissance qui n'a rien à voir avec le sujet ou même les arguments que vous développez :

« *Machiavel dit que le Prince doit mentir et ne pas tenir ses promesses. Cela nous permet de voir que parfois on utilise mal sa raison.* »

Vous voyez de vous-même que ça ne colle pas ! La priorité doit être de trouver de bons arguments !

2. Vouloir mettre une citation qu'on connaît, pour faire croire qu'on a révisé.

L'exemple par excellence :
« *On ne peut pas toujours expliquer rationnellement les peines de cœur. D'ailleurs comme disait Descartes, « je pense donc je suis ».* »

Le correcteur sera sûr que vous ne connaissez que cette phrase et que vous ne l'avez pas comprise. Vous serez sanctionné.

3. Employer des connaissances fausses, voire inventée.

Exemple :
« *Certains philosophes abusent de leur raison pour dominer le monde. Ainsi Platon voulait que nous habitions une caverne pour regarder des ombres et ainsi réussir à lui obéir* ».

N'oubliez pas que le correcteur est un spécialiste de la philosophie. Il pourra facilement vérifier ce que vous dites.

Ce qu'il faut faire

1. Une bonne connaissance permet de comprendre ce qui fait problème dans la question.
Exemple (issu de la fiche n° 27) :
« *Hegel est un philosophe qui a tenté de rationaliser le sens de l'histoire de l'humanité, en expliquant que celle-ci avait une fin. Mais peut-on croire que c'est possible ? Ne s'agit-il pas d'un abus du raisonnement, comme le précisait Karl Popper ?* »

2. Choisir une citation en fonction de son argument, et non pas l'inverse :
Exemple :
« *Napoléon faisait-il des actions irrationnelles ? Voulait-il vraiment sauver les idées de la Révolution Française ou juste conquérir des pays pour son seul plaisir ? Hegel nous donne une indication en expliquant que « les hommes veulent une histoire qu'ils ne font pas et font une histoire qu'ils ne veulent pas. ».* »

3. Toujours expliquer la citation qu'on utilise. C'est ce qui montre que vous l'avez comprise :
Exemple :
« *Pascal expliquait que : « Le cœur a ses raisons que la raison ignore. » Cette phrase veut dire que le « cœur » est l'intuition qui nous apporte des connaissances parfois indémontrables. Cela nous montre que parfois la raison n'a rien à faire.* »

Voilà un exemple d'un bon paragraphe avec connaissance et citation

« La science nous apprend que nous pouvons connaître des lois de l'univers qui sont valables partout, même au-delà de la terre. Newton, par exemple, a réussi grâce aux mathématiques à dégager la loi de *l'attraction universelle*. Mais il faut faire attention : ce qu'il explique, ce ne sont que des *quantités*, c'est-à-dire des forces, des masses, des positions et des vitesses. La raison humaine ne peut pas à l'inverse décrire la *qualité* de cette force d'attraction. Donc lorsque Galilée écrivait que « *L'univers est écrit en langage mathématique* », il voulait sans doute dire que les mathématiques sont un langage humain pour comprendre l'univers, en tout cas le mettre à la portée de notre intelligence humaine. Pouvons-nous, à partir de là, croire que la raison a percé tous les mystères de l'univers ? »

Dans ce paragraphe, vous avez dans l'ordre :

a. Une connaissance (venant de la fiche n° 25) qui permet d'apporter une idée forte (la réussite de la raison),
b. Une citation qui est expliquée et qui relance le débat sur le pouvoir de la raison.

TOP CHRONO
C'est l'interro !

EXERCICE **45 min.**

1. **À partir de la fiche n° 26, essayez d'expliquer pourquoi la superstition peut être un mauvais usage de la raison.** 3 pts/10 min.

....

....

....

....

....

....

2. **Trouvez et expliquez l'argument qui permettrait de compléter la phrase de Hegel : « Tout ce qui est réel est rationnel ».** 3 pts/10 min.

....

....

....

....

....

....

3. **À partir de la fiche n°42, retrouvez les meilleures affirmations, parmi les suivantes. Plusieurs réponses sont donc attendues.** 2 pts/5 min.

   a. Grâce à la rationalité nous sommes heureux à coup sûr.

   b. le désir est irrationnel et incontrôlable.

   c. Les hommes sont heureux par hasard.

   d. On apprend à être heureux grâce au calcul rationnel de ce qui dépend de nous.

   e. Il n'y a pas de raison de supporter la douleur.

   f. Le bonheur est la poursuite de l'impossible et l'irraisonnable.

4. Reconnaissez les mauvais usages des connaissances et des citations.

4 pts/5 min.

Notez « M » pour mauvais et « B » pour bon usage.

a. Il faut être courageux et rationnel car les mathématiques aident à comprendre l'univers.

b. le désir est une forme d'ataraxie.

c. Nous avons vu qu'il fallait faire des expériences pour vérifier les théories scientifiques. C'est pour cela que Semmelweis a réussi à découvrir l'origine des maladies dans sa maternité.

d. On réussit à comprendre ce qui se passe dans le cœur de notre petit ami car comme disait Platon « Le cœur a ses raisons et la raison n'en a pas ».

e. Le morceau de cire permet d'expliquer à Descartes que tout n'est pas acquis : notre raison a des idées qui peuvent nous permettre de comprendre nos expériences.

f. Platon écrivait : « Les hommes ne veulent pas ce qu'ils font, mais ce en vue de quoi ils font ce qu'ils font. ». Ce qui veut dire que le sens des actions humaines dépasse ces actions elles-mêmes. Par exemple certains hommes se cachent la vérité pour être heureux. C'est rationnel, mais est-ce que c'est souhaitable ?

5. Dans un court paragraphe (maximum 50 mots) utilisez une connaissance et une citation qui vont avec cet argument : grâce à la rationalité, l'homme sort de ses illusions.

8 pts/15 min.

....

....

....

....

....

....

Score .../20 pts

FAIRE UNE BONNE CONCLUSION

49

La conclusion est le dernier passage lu avant de donner la note. Comment faire pour qu'elle soit efficace ?

La conclusion doit être symétrique à l'introduction. Cela veut dire qu'elle doit avoir à peu près avoir la même longueur et surtout elle doit répondre aux questions posées par cette introduction. La conclusion doit donc être **un bilan** qui permet de visualiser l'ensemble de votre raisonnement.

Elle doit comporter :

a) Le récapitulatif des arguments.

b) La réponse la plus claire possible à la question posée.

c) Éventuellement une phrase d'ouverture.

➠ Ce qu'il ne faut pas faire

Une mauvaise conclusion présente les défauts suivants :

1. De nouveaux arguments : Rien de nouveau doit être ajouté à votre conclusion initiale. Il faut juste reprendre ce que vous avez écrit.

2. Une ouverture qui repose la même question :
Exemple :
« *Nous avons vu que la rationalité pouvait nous conduire à de nombreuses erreurs. Est-ce que cela veut dire que les utilisations de la raison ne sont pas toujours bonnes ? Nous pouvons aussi croire qu'il faut se méfier des mauvaises utilisations de la raison.* »

3. Une conclusion peu soignée, qui ne reprend pas les questions de l'introduction. Exemple : « *Nous avons vu qu'il fallait raisonner mais pas trop, car sinon on dit des bêtises et on fait des erreurs. La raison a des usages mais ça dépend de chacun. Pouvons dire qu'il faut raisonner pour faire une bonne chanson ?* »

Cette conclusion est bâclée, ne reprend pas les arguments et fait une ouverture fantaisiste qui n'a rien à voir avec ce qui précède. À proscrire !

➠ Ce qu'il faut faire

1. Une conclusion doit reprendre toutes les questions posées par l'introduction. Si par exemple vous vous êtes demandé si la science était un usage dangereux de la raison (par exemple pour comprendre les sentiments entre les gens), vous devez reprendre cela dans la conclusion.

2. Une conclusion doit récapituler les étapes du plan ;

3. Une conclusion doit être prudente avec l'ouverture : il faut que ce soit le même thème que le sujet, mais évitez les envolées « lyriques » du type : *l'homme est le malheur de l'homme*. Il faut rester très mesuré.

Exemple :
« *Nous avons vu dans ce devoir que la raison était une des plus grandes réussites de l'esprit humain : la rationalité a permis notamment de développer la science qui décrit les lois de l'univers. Mais nous avons aussi pu voir que certains philosophes nous proposent des discours qui semblent rationnels et qui proposent, tel Hegel, de penser la fin de l'histoire -et donc de prévoir le futur de l'humanité. C'est visiblement impossible et montre qu'il y a parfois des abus rationnels. Ces exemples, qui furent d'ailleurs des échecs, ne doivent pas masquer que la rationalité est une force de l'esprit supérieure à d'autres attitudes, telle la superstition. Il ne faut pas confondre la raison avec ce qui a simplement les apparences de la raison.* »

Cette conclusion suit nos 3 étapes : elle reprend les deux grandes parties de la dissertation, répond à la question analysée dans l'intro et fait une petite ouverture en distinguant raison et superstition.

TOP CHRONO
C'est l'interro !

EXERCICE **45 min.**

1. **Lisez le brouillon de conclusion suivante et repérez les faiblesses et les forces (même si vous n'avez pas lu la dissertation). Vous retrouverez ensuite le plan qu'elle récapitule.** 10 pts/20 min.

   « *Nous avons pu voir dans ce travail que Descartes avait raison : « le bon sens est la chose du monde la mieux partagée. ». Effectivement dans notre première partie nous avons vu que des philosophes voulaient que nous contrôlions rationnellement nos désirs, ce qui nous a paru impossible -donc mauvais. Mais que la raison est toujours un rempart pour éviter les erreurs de jugements, telles les superstitions. Nous pouvons à présent nous demander : Faut-il faire confiance à tous les philosophes ?* »

   Points forts :

   ....

   Points faibles :

   ....

   Plan :

   I. ....

   II. ....

2. **À partir d'un plan de la fiche n° 47, rédigez votre propre conclusion en respectant les règles énoncées.** 10 pts/25 min.

   ....

   ....

   ....

   ....

   ....

Score .../20 pts

REPÉRER L'IDÉE PRINCIPALE ET LES ÉTAPES DE L'ARGUMENTATION DANS L'EXPLICATION DE TEXTE (Q1)

50

Comment répondre aux questions de l'explication de texte ?

L'intitulé de l'exercice demande une explication rédigée. Les questions ne sont nécessaires que pour faire votre brouillon. Néanmoins, traditionnellement les correcteurs acceptent que vos réponses soient numérotées et séparées. En revanche il n'y a pas de barème : la note reste globale.

Cette 1re question porte sur la ***thèse*** et la ***structure argumentative***.

Le texte (sujet de juin 2017) :

« On voit à quoi se réduirait l'homme, si l'on en retirait tout ce qu'il tient de la société : il tomberait au rang de l'animal. S'il a pu dépasser le stade auquel les animaux se sont arrêtés, c'est d'abord qu'il n'est pas réduit au seul fruit de ses efforts personnels, mais coopère régulièrement avec ses semblables ; ce qui renforce le rendement de l'activité de chacun. C'est ensuite et surtout que les produits du travail d'une génération ne sont pas perdus pour celle qui suit. De ce qu'un animal a pu apprendre au cours de son existence individuelle, presque rien ne peut lui survivre. Au contraire, les résultats de l'expérience humaine se conservent presque intégralement et jusque dans le détail, grâce aux livres, aux monuments figurés, aux outils, aux instruments de toute sorte qui se transmettent de génération en génération, à la tradition orale, etc. Le sol de la nature se recouvre ainsi d'une riche alluvion[1] qui va sans cesse en croissant. Au lieu de se dissiper toutes les fois qu'une génération s'éteint et est remplacée par une autre, la sagesse humaine s'accumule sans terme, et c'est cette accumulation indéfinie qui élève l'homme au-dessus de la bête et au-dessus de lui-même. Mais, tout comme la coopération dont il était d'abord question, cette accumulation n'est possible que dans et par la société. »

DURKHEIM, *Éducation et sociologie* (1922)

Ce qu'il ne faut pas faire

1. Il ne faut pas se contenter de donner ***le thème*** (*de quoi parle le* texte) ou juste un mot. Sinon vous ferez juste de la ***paraphrase***.
Exemple :
« *L'idée principale est la société.* » ou « *Le texte parle de la coopération dans la société.* »

1 « Alluvion » (nom féminin) : mélange de matières minérales et végétales accumulées et portées par les cours d'eau, riches en nutriments variés.

Ces réponses, en plus d'être trop brèves, n'expliquent rien. Elles se contentent de recopier ce que vous avez lu. *Expliquer* suppose que vous donniez le *sens* du texte.

2. Il ne faut pas non plus juste **recopier une phrase** sans l'expliquer.

3. Il ne faut pas non plus faire un résumé du texte.

Ce qu'il faut faire

1. Il faut trouver **le problème du texte**, c'est-à-dire la question que s'est posée l'auteur. C'est le problème qui permettra de trouver **La thèse** qui est sa réponse.
Exemple :
« *Le problème de ce texte est **la différence entre le monde humain et animal**. Selon Durkheim il va s'agir de la société qui permet à l'homme de profiter des acquis de ses semblables, y compris dans le temps.* »
Vous remarquez que je pars *d'une question* et ensuite *j'explique* la thèse.

2. Analysez les étapes du raisonnement.
À la place du résumé, il faut analyser les étapes (c'est-à-dire **le plan**) du texte et les **formes de raisonnement**.
Exemple :
« Le texte se divise en 3 parties. Dans la 1re partie (de « *on voit que* » à « *chacun* », il ***déduit*** ce que serait l'homme sans société et donc ***distingue*** l'homme de l'animal avec pour critère la société. Dans la 2e partie (de « *c'est ensuite* » à « *tradition orale* ») il ***distingue*** ce que peut apprendre un animal et un être humain. Dans la 3e partie, il utilise une ***comparaison*** (ou ***analogie***) avec les alluvions d'une rivière pour décrire la sagesse humaine qui serait une accumulation à travers les âges. »
Les mots en **gras** sont les formes de raisonnement qu'il est important de relever.

TOP CHRONO
C'est l'interro !

EXERCICE **35 min.**

1. À partir de l'extrait suivant, distinguez le *thème* du *problème philosophique.*
5 pts/10 min.

« L'homme est capable de délibération, et, en vertu de cette faculté, il a, entre divers actes possibles, un choix beaucoup plus étendu que l'animal. Il y a déjà là pour lui une liberté relative, car il devient indépendant de la contrainte immédiate des objets présents, a l'action desquels la volonté de l'animal est absolument soumise. L'homme, au contraire, se détermine indépendamment des objets présents, d'après des idées qui sont ses motifs à lui. Cette liberté relative n'est en réalité pas autre chose que le libre arbitre tel que l'entendent des personnes instruites, mais peu habituées à aller au fond des choses : elles reconnaissent avec raison dans cette faculté un privilège exclusif de l'homme sur les animaux. Mais cette liberté n'est pourtant que relative, parce qu'elle nous soustrait à la contrainte des objets présents, et comparative, en ce qu'elle nous rend supérieurs aux animaux. Elle ne fait que modifier la manière dont s'exerce la motivation, mais la nécessité de l'action des motifs n'est nullement suspendue, ni même diminuée. »

Schopenhauer

Thème :

....

....

Problème :

....

....

2. Retrouvez les 3 parties. 5 pts/15 min.

Partie 1 : ....

Partie 2 : ....

Partie 3 : ....

3. Parmi les propositions suivantes, entourez les formes de raisonnement que vous pensez retrouver dans le texte et situez-les dans le texte. 5 pts/10 min.

a. La comparaison. De .... à ....

b. La distinction. De .... à ....

c. La mise en opposition. De .... à ....

d. La déduction. De .... à ....

e. La définition. De .... à ....

f. La description. De .... à ....

Score .../15 pts

EXPLIQUER DES PARTIES DU TEXTE (QUESTION 2)

51

Pourquoi il faut correctement développer la question 2 :

Cette 2e partie se focalise sur 2 ou 3 phrases du texte. Elle a pour objectif d'***expliquer*** le sens de ces phrases et de ***repérer les concepts*** (c'est-à-dire **les mots les plus importants**) de ces phrases.

Ce qu'il ne faut pas faire

La paraphrase, c'est-à-dire recopier en changeant deux ou trois mots, ne suffit pas.
Exemple à partir du texte de Schopenhauer de la fiche n° 50 :
Expliquer : « L'homme, au contraire, se détermine [...] d'après des idées qui sont ses motifs à lui. »

« L'auteur dit que l'homme a des idées à lui et ce sont des motifs. Il dit que c'est au contraire des animaux. »

Cette explication est *trop courte*. Elle n'explique rien. Elle reprend juste ce qui est dans la phrase. Il n'y a pas de définition : On ne sait pas ce qu'est un « motif » ni une « idée ». La formule « l'auteur a dit que » est à proscrire.

Ce qu'il faut faire

« Cette phrase fait une ***distinction*** entre les animaux (phrase précédente) et les hommes. Ces derniers ont des ***idées***, c'est-à-dire une représentation de la réalité et des connaissances. Les animaux (d'après l'auteur) n'en ont pas. Mais ce qui est le plus important, c'est que ces idées sont les ***motifs*** de l'action humaine, c'est-à-dire que les hommes sont motivés et agissent en fonction de ces idées et non pas les circonstances qui les environnent. L'auteur donne ainsi une *définition de la liberté humaine*. »

Cette explication insiste sur la forme de raisonnement et les concepts (en gras) qu'elle développe. Elle donne aussi la thèse qui était sous-entendue. Ce sont les deux points à privilégier.

TOP CHRONO
C'est l'interro !

EXERCICE 15 min.

1. **À partir du même texte de Durkheim (*Cf.* fiche n° 50), expliquez les deux phrases suivantes. À chaque fois, vous devrez *souligner* les concepts** (2 × 2 pts)**, puis trouver leurs définitions** (2 × 2 pts)**, et donner les thèses** (2 × 1 pt)**.**

   – « il n'est pas réduit au seul fruit de ses efforts personnels. »

   – « la sagesse humaine s'accumule sans terme. »

   Phrase 1 :

   Définition des concepts :

   ....

   ....

   ....

   Thèse :

   ....

   ....

   Phrase 2 :

   Définitions des concepts :

   ....

   ....

   ....

   Thèse :

   ....

   ....

Score .../10 pts

CONSTRUIRE UNE DISCUSSION À PARTIR DE LA QUESTION 3 DE L'EXPLICATION DE TEXTE

52

Faut-il faire une mini dissertation ?

Nous allons nous répéter : l'intitulé de l'exercice demande une explication rédigée. Donc cette 3e question ne doit pas déboucher sur une dissertation. Elle a pour objectif de discuter de ***l'intérêt philosophique*** de la thèse défendue par l'auteur.

Mais si vous y répondez séparément, il faut que vous respectiez quelques règles de méthode.

Ce qu'il ne faut pas faire

Nous allons partir de la question donnée avec le texte de Durkheim à la session de juin 2017 (*Cf.* F n°50) :

La vie au sein de la société est-elle toujours facteur de progrès ?

Mauvais exemple :
« Oui aujourd'hui la société permet le progrès. On le voit par exemple avec les voitures qui marchent toutes seules. Les femmes maintenant se défendent du harcèlement (voir le scandale à Hollywood) et les homosexuels peuvent adopter des enfants. Mais parfois il y a des sociétés qui ne progressent pas. Par exemple aux USA où on peut encore avoir une arme. C'est très dangereux et le président ne veut pas que ça change. »

Critiques :

1. cette réponse est trop courte et elle cherche à répondre directement par *oui* ou par *non*.

2. Elle ne définit pas le concept de « progrès ».

3. Elle ne donne que des exemples, sans arguments.

4. Les exemples n'ont pas de lien entre eux.

Ce qu'il faut faire

Bon exemple :

« L'homme vit en société, tout comme les fourmis ou les loups. Mais la société a pour caractéristique d'évoluer. Est-ce pour autant toujours facteur de progrès ?

Le progrès est une évolution vers un mieux. La thèse de Durkheim est que les animaux ne progressent pas ou ils oublient de génération en génération leurs progrès. La société humaine est-elle comparée aux « alluvions d'une rivière » qui accumulent les connaissances. Le progrès est donc vu comme continu et cumulatif.

Nous pouvons critiquer et dépasser ce point de vue en expliquant que le progrès n'est pas parfois continu : il y a eu des sociétés dans l'histoire qui ont ignoré certains progrès et qui ont même régressé. Nous pouvons penser au recul de l'hygiène entre la Rome Antique et le Moyen Âge. Nous savons aussi que ce sont les échanges entre les sociétés qui permettent les progrès. L'histoire des mathématiques en est un bon exemple.

Donc ce n'est pas que la vie en société qui permet le progrès. Il y a aussi l'idée d'une communauté de l'humanité tout entière qui échange ses connaissances, si possible dans la paix (car la guerre fut aussi l'occasion de progrès… par exemple des armements !). »

Analyse :

1. Il y a l'analyse du problème dès la première phrase.

2. Il y a la définition du concept principal, le *progrès*.

3. Il doit y avoir une reprise de la thèse de l'auteur dans la 1re partie (car c'est d'abord une explication de texte.).

4. Dans une 2e partie, il faut trouver le contre-point de la thèse, soit en opposant un autre philosophe, soit en complétant la thèse de l'auteur.

5. Il faut répondre au problème dans une dernière partie en faisant une petite conclusion.

TOP CHRONO
C'est l'interro !

EXERCICE **40 min.**

4. À partir de l'extrait suivant, construisez une discussion qui suit les règles énoncées dans cette fiche. (5 règles / 2 points par règle)

« L'homme est capable de délibération, et, en vertu de cette faculté, il a, entre divers actes possibles, un choix beaucoup plus étendu que l'animal. Il y a déjà là pour lui une liberté relative, car il devient indépendant de la contrainte immédiate des objets présents, a l'action desquels la volonté de l'animal est absolument soumise. L'homme, au contraire, se détermine indépendamment des objets présents, d'après des idées qui sont ses motifs à lui. Cette liberté relative n'est en réalité pas autre chose que le libre arbitre tel que l'entendent des personnes instruites, mais peu habituées à aller au fond des choses : elles reconnaissent avec raison dans cette faculté un privilège exclusif de l'homme sur les animaux. Mais cette liberté n'est pourtant que relative, parce qu'elle nous soustrait à la contrainte des objets présents, et comparative, en ce qu'elle nous rend supérieurs aux animaux. Elle ne fait que modifier la manière dont s'exerce la motivation, mais la nécessité de l'action des motifs n'est nullement suspendue, ni même diminuée. »

Schopenhauer

Question : Être libre, est-ce faire n'importe quoi ?

....

....

....

....

....

....

....

....

Score .../10 pts

CONSTRUIRE PAS À PAS SON PLAN À PARTIR DU SUJET : *TOUT PEUT-IL ÊTRE DÉCRIT RATIONNELLEMENT ?*

53

Problème

Le plan ne peut pas venir de nulle part. Il faut qu'il vienne d'une exploration du sens de la question. C'est la raison pour laquelle cette fiche va vous proposer le travail que vous devrez faire *au brouillon :*
– *Analyse de la question*
– *Plan*
– *Introduction et conclusion en lien avec ce plan.*
Il va d'abord y avoir un exemple : le sujet est « Tout peut-il être décrit rationnellement ? ».
Puis dans la section « Top Chrono » vous allez essayer de faire à partir d'un autre sujet (et après avoir révisé la fiche n° 9).

Analyse de la question

Les explications et les descriptions de ce qui nous entoure sont très nombreuses, mais pas toujours rationnelles. Par exemple la superstition ou les prédictions des voyants très répandus dans la société. Ce genre de prédictions sont séduisantes.
Question : pourquoi on n'explique pas tout par la rationalité, c'est-à-dire l'analyse des causes qui produisent des phénomènes ?
Réponse : peut-être parce que tout ne peut pas être expliqué ainsi. Par exemple l'amour, les sentiments de peur, les réactions des foules.
Mais la science a néanmoins tendance à vouloir tout réduire à de grandes lois mathématisables. Nous devrons voir si c'est cohérent.

Problématique

Donc la question porte sur le caractère systématique de l'explication et les descriptions rationnelles. (Ce sera important de noter cela dès l'intro). Mais il faut aussi prendre en compte les autres formes d'explication pour voir si elles sont légitimes : la religion, la superstition, la poésie, etc.

Plan

Deux parties suffisent :
I) **Le rôle de la rationalité pour décrire et expliquer**
a) La force de la science : sa capacité à expliquer et à décrire. La nécessité de l'objectivité et la vérification par l'expérience.
b) La tendance de la science à tout expliquer grâce aux mathématiques (notamment les statistiques des sentiments).

c) Comment la superstition peut être expliquée par la raison.

Transition : Nous avons vu dans cette première partie que la science pouvait, grâce à sa méthode d'explication, tout décrire et tout expliquer. Mais peut-on réellement tout réduire à ces explications scientifiques ?

Ce qui ne peut se réduire à la rationalité

a) Au-delà de la raison, l'intuition (les vérités de cœur selon Pascal) permet de comprendre ce qui est intuitif.

b) Les sentiments et les relations humaines ne sont bien entendu pas traduisibles en statistiques. Il faut qu'il y ait spontanéité dans les relations humaines.

c) Donc ce qui s'oppose à la rationalité de la science, à la recherche de *l'objectivité*, c'est la *subjectivité* de l'individu qui pense et qui ressent le monde qui lui fait face.

Introduction

Une fois le plan fait, vous pouvez rédiger l'introduction au brouillon, pour être sûr qu'elle reprend l'annonce du plan. Vous pouvez aussi rédiger la conclusion. Cela vous permettra de gagner du temps à la fin de l'épreuve -et surtout de la soigner pour qu'elle soit symétrique avec l'introduction (*Cf.* conseils de la fiche n° 49) :

En 1610 Galilée inaugura une nouvelle ère, celle de la science toute puissante et rationnelle (**accroche**). *Aujourd'hui la science veut pouvoir tout décrire et tout expliquer. Mais est-ce bien légitime* (**Problématique**) *? N'y a-t-il pas des dimensions qui peuvent échapper à cette manière d'expliquer ? Nous verrons, pour répondre à ce point, ce qu'est une explication rationnelle, et nous verrons que cela débouche sur la recherche de l'objectivité. Puis dans un deuxième temps pourquoi et comment ce qui est subjectif et intuitif peut échapper à cette mise « aux normes » rationnelles.* (**Annonce du plan**)

Conclusion

Nous avons vu que ce qui fait la force de la science est l'usage de démonstrations et d'explications dites « de cause à effet ». La science moderne a prouvé à de multiples reprises sa force et son efficacité, notamment grâce au protocole expérimental qui permet de valider ses hypothèses. Mais nous avons aussi vu que certains domaines de la réalité humaine échappaient à cette recherche d'objectivité. C'est le cas de tout ce qui a lieu dans le cadre des sentiments et de la subjectivité. Donc non, tout ne peut pas s'expliquer rationnellement. Mais nous pouvons garder la volonté d'être rationnel et éviter un retour en arrière que représenterait un triomphe de la superstition, même si ce n'est que pour les histoires d'amour.

TOP CHRONO
C'est l'interro !

EXERCICE **1 h 30 min.**

Un seul exercice : faites un brouillon à partir du sujet suivant : « *Les différences culturelles sont-elles à l'origine de la guerre ?* » en vous aidant de la fiche n° 9 et en suivant les étapes suivantes :

1. L'analyse de la question. 3 pts/15 min.

....

2. Quel est le problème ? 2 pts/15 min.

....

3. Quel est le plan possible ? 10 pts/15 min.

I) ....

a. ....

b. ....

c. ....

II) ....

a. ....

b. ....

c. ....

4. Introduction et conclusion. 5 pts/30 min.

....

....

....

....

Score .../20 pts

CONSTRUIRE « PAS À PAS » SON EXPLICATION DE TEXTE. EXERCICE

54

Les questions qui sont posées sont là pour vous permettre d'expliquer le texte. Ne l'oubliez jamais ! C'est le principe de base.

Chaque question suit toujours la même logique :

a) La 1re cherche à montrer que le sens global du texte et comment il est construit

b) La 2e s'intéresse au détail du texte, et en particulier au sens des concepts

c) La 3e, au problème philosophique du texte que vous devez discuter.

Nous vous proposons un exemple de commentaire. Ensuite vous chercherez à faire le brouillon à partir d'un autre exemple (sujet de Pondichéry 2018)

➠ Lisez le texte de Nietzsche attentivement (au moins 3 fois) et ensuite découvrez les questions.

« Le menteur utilise les désignations valables, les mots, pour faire apparaître l'irréel comme réel ; il dit par exemple : "je suis riche" alors que "pauvre" serait pour son état la désignation correcte. Il maltraite les conventions établies par des substitutions arbitraires et même des inversions de noms. S'il fait cela par intérêt et en plus d'une façon nuisible, la société lui retirera sa confiance et du même coup l'exclura. Ici les hommes ne craignent pas tant le fait d'être trompés que le fait qu'on leur nuise par cette tromperie : à ce niveau-là aussi, ils ne haïssent pas au fond l'illusion, mais les conséquences pénibles et néfastes de certains genres d'illusions. C'est en un sens aussi restreint que l'homme veut seulement la vérité : il désire les conséquences agréables de la vérité, celles qui conservent la vie ; face à la connaissance pure et sans conséquence il est indifférent, et à l'égard des vérités préjudiciables et destructrices il est même hostilement disposé. »

Frédéric Nietzsche, *Études théorétiques*.

➠ Les questions

1 - Dégagez l'idée centrale du texte, son plan, et les principales formes de raisonnement.

2 - Expliquez en définissant les concepts et en tenant compte du contexte du texte :
a) « pour faire apparaître l'irréel comme réel »

b) « la société lui retirera sa confiance et du même coup l'exclura »

c) « Il désire les conséquences agréables de la vérité »

3 - La société préfère-t-elle les menteurs ou les hommes sincères ?

Corrigé rédigé et commenté

1 - Dégagez l'idée centrale du texte, son plan, et les principales formes de raisonnement.

L'idée principale de ce texte est que nous entretenons une relation intéressée avec la vérité : ce que nous aimons ce sont des conséquences agréables de ce qu'on dit. Nietzsche est donc un philosophe critique, peut-être même sceptique, qui remet en cause la suprématie de la vérité : tout le monde ne veut pas la connaître, et parfois les menteurs sont préférés aux dénonciateurs.

Le texte se divise en trois parties :

a) Tout d'abord une analyse de ce que fait le menteur. Il décompose les mécanismes du mensonge en dénonçant les pratiques du menteur. C'est donc un travail de clarification qu'il opère.

b) Ensuite il en déduit la relation que la société entretient avec les menteurs : ils sont appréciés si leurs mensonges sont utiles.

c) Puis il précise deux distinctions fondatrices de tous les comportements : entre une vérité néfaste et celle qui est utile à la conservation de la vie ; et d'autre part entre les vérités sans conséquences (par exemple les math) et les vérités dérangeantes (par exemple la politique)

Donc Nietzsche fait un travail d'analyse, avec des déductions et des distinctions.

Commentaire : Ce n'est pas un résumé qui est demandé dans cette première question, mais une analyse de la structure du texte, c'est-à-dire le plan et la nature des arguments.

2 - Expliquez en définissant les concepts et en tenant compte du contexte du texte :

Commentaire : Cette 2e partie est peut-être la plus difficile car Il faut bien définir les concepts. Ici le concept de société était particulièrement ardu.

a) « pour faire apparaître l'irréel comme réel »

Ce sont les apparences qui importent ! Du coup ce qui est réel et irréel importe peu ; Il suffit de jouer sur ces apparences. Nietzsche semble donc dire qu'on ne connaît jamais les choses à fond, juste de manière superficielle. Le réel n'est pas connu, il y a seulement un discours sur le réel.

b) « la société lui retirera sa confiance et du même coup l'exclura »

La société est constituée par l'ensemble des individus, mais force est de constater que la société n'est pas uniquement un agrégat d'individus : c'est une entité cohérente, qui a ses propres règles et ses réactions. C'est dans ce sens-là que Nietzsche précise que la société peut réagir face à un individu en lui retirant sa confiance.

c) « Il désire les conséquences agréables de la vérité »

C'est le rapport à la vérité qui est développé ici : il ne faut pas croire que la vérité est désirée pour elle-même. Tout le monde ne veut pas connaître la vérité (c'est ce qu'expliquait par exemple Platon dans son allégorie de la Caverne : les hommes préfèrent les ombres à la réalité). C'est plutôt d'un point de vue utilitariste qu'on considère la valeur de la vérité.

3 - La société préfère-t-elle les menteurs ou les hommes sincères ?

Commentaire pour bien répondre à cette question : Il faut toujours reprendre les éléments du texte, car n'oubliez pas qu'il s'agit avant tout d'une *explication de texte*. Mais pour autant vous devez être capable de formuler un problème

Vous gagnez des points lorsque vous êtes capables d'utiliser d'autres philosophes, notamment en les opposant au philosophe du texte.

Il faut toujours faire des phrases récapitulatives qui montrent que vous n'avez pas oublié la question posée.

« *Cette question nous interroge sur le rapport que la société entretient avec la vérité, en nous proposant une disjonction entre les menteurs et les hommes sincères. Nous sommes face à une antinomie, c'est-à-dire deux thèses qui s'opposent. Mais aussi deux logiques : aucune morale ne nous autorise à souhaiter mentir. Mais les faits nous montrent sans cesse que les hommes qui mentent réussissent dans la société.*

Nous allons voir d'abord avec Nietzsche pourquoi c'est possible, et puis avec Kant pourquoi cela pose de vrais problèmes :

Nietzsche dans son texte nous apprend d'emblée deux éléments : le menteur utilise le langage pour mentir et renverse les conventions sociales. Mais il sera puni que s'il est « nuisible » à la société. Cela veut dire que si son mensonge est utile il sera accepté et peut-être même encouragé par la société. Nous pouvons prolonger cette idée avec Machiavel qui dit que l'homme politique doit « simuler et dissimuler » c'est-à-dire qu'il doit mentir quand c'est nécessaire mais aussi qu'il doit dissimuler ce mensonge.

C'est donc lié à une contradiction : la société ne veut pas qu'on mente, et lorsque c'est nécessaire, même si elle apprécie les conséquences de son mensonge, il faut le dissimuler. Donc nous pouvons dire que la société préfère les hommes sincères, car sa morale la pousse à ne respecter que ces derniers.

Mais avec Kant nous pouvons voir qu'être une personne morale n'est pas toujours possible : Pour Kant, ne pas mentir est un impératif catégorique : il ne faut jamais cacher la vérité, quelques soient les conséquences. Mais que se passe-t-il lorsqu'on cache une victime chez nous et que son agresseur vient la chercher ? Que faut-il faire, la dénoncer ? Ou mentir pour la protéger ? Kant répond : il faut dire la vérité car c'est une loi universelle. Il fait preuve ainsi d'une véritable froideur et cela montre que la morale n'est pas tenable dans toutes circonstances ! Dans ce cas la société préfèrerait quelqu'un de moins honnête, mais de plus humain !

Donc, pour conclure, nous pouvons dire que la société est au cœur d'un paradoxe : d'un côté elle préfère les hommes sincères, car la morale le précise, mais d'un autre côté dire toujours la vérité n'est pas tenable et pourrait nous transformer en monstres. Donc c'est peut-être Machiavel qui avait raison : il faut savoir mentir lorsque c'est nécessaire, mais le dissimuler aux yeux de la société. »

TOP CHRONO
C'est l'interro !

EXERCICE **45 min.**

Lisez le sujet d'explication suivant et faites au brouillon le travail de repérage des éléments du texte :

« Il semble qu'on puisse affirmer que l'homme ne saurait rien de la liberté intérieure s'il n'avait d'abord expérimenté une liberté qui soit une réalité tangible[2] dans le monde. Nous prenons conscience d'abord de la liberté ou de son contraire dans notre Commerce[3] avec d'autres, non dans le commerce avec nous-mêmes. Avant de devenir un attribut de la pensée ou une qualité de la volonté, la liberté a été comprise comme le statut de l'homme libre, qui lui permettait de se déplacer, de sortir de son foyer, d'aller dans le monde et de rencontrer d'autres gens en actes et en paroles. Il est clair que cette liberté était précédée par la libération : pour être libre, l'homme doit s'être libéré des nécessités de la vie. Mais le statut d'homme libre ne découlait pas automatiquement de l'acte de libération. Être libre exigeait, outre la simple libération, la compagnie d'autres hommes, dont la situation était la même, et demandait un espace public commun où les rencontrer — un monde politiquement organisé, en d'autres termes, où chacun des hommes libres pût s'insérer par la parole et par l'action. »

ARENDT, *La crise de la culture* (1961)

Pour expliquer ce texte, vous répondrez aux questions suivantes, qui sont destinées principalement à guider votre rédaction. Elles ne sont pas indépendantes les unes des autres et demandent que le texte soit d'abord étudié dans son ensemble.

1. Dégager l'idée principale du texte et les étapes du raisonnement.

2. Expliquer :

a. « nous prenons conscience d'abord de la liberté ou de son contraire dans Notre commerce aux autres, non dans le commerce à nous-mêmes. » ;

2 Tangible : ici cela veut dire *concret*.

3 Commerce : avoir des relations

b. « pour être libre, l'homme doit s'être libéré des nécessités de la vie »

c. « Être libre [...] demandait un espace public où les rencontrer ».

3. La liberté suppose-t-elle des échanges avec autrui ?

....

1. Quel est le thème général du texte ? 5 pts/5 min.

....

2. Trouvez les différentes définitions du concept de *liberté* dans le texte. 5 pts/10 min.

....

....

3. Expliquez le plan du texte en 3 parties. 5 pts/5 min.

1re partie : ....

2e partie : ....

3e partie : ....

4. Quelle est l'idée principale de Hannah Arendt en ce qui concerne la nécessité d'échanger avec autrui pour trouver la liberté. 5 pts/10 min.

....

....

5. Trouver une idée qui pourrait contredire la thèse de Hannah Arendt. 5 pts/15 min.

....

....

Score .../20 pts

CORRIGÉS

1

1. a. Points communs : le thème du travail/ Différences : l'un porte sur des connaissances pratiques, l'autre sur des généralités.

   b. Points communs : le thème de l'art / Différences : l'un porte sur une anecdote, l'autre sur l'art en général.

   c. Points communs : le thème du sport/ Différences : l'un porte sur une vedette et l'autre compare le sport à la religion.

   d. Points communs : le thème du cerveau/ Différences : l'un porte sur des connaissances scientifiques, l'autre sur la question de la pensée humaine.

   e. Points communs : le thème de la sécurité routière/ Différences : l'un porte sur une information pratique, l'autre pose un débat sur les priorités entre sécurité et liberté.

   Donc ce qui est spécifique dans le questionnement philosophique, c'est la portée générale des questions.

2. a. Non, car c'est juste une question scientifique.

   b. Oui, car c'est une question générale sur la nature humaine.

   c. Non. C'est un jugement de valeur sur une série, qui dépend de chacun.

   d. Oui car cela peut porter sur le sens général du verbe « vendre ».

3. n° 1 : d / n° 2 : b / n° 3 : e

4. Jacques Brel pensait que ceux qui se suffisent de ce qu'ils savent ne finissent pas être bêtes. Il faut faire l'effort d'être curieux, de découvrir de nouvelles connaissances tout au long de sa vie. Comme si l'intelligence était un muscle qu'il faut cultiver ! En Terminale Technologique on peut donc réfléchir sur des questions générales. Question d'hygiène mentale.

2

1. a. Les hommes : cela concerne l'être humain en général. / Veulent : notion de volonté, de projet conscient. / la vérité : capacité à avoir un discours qui correspond à la réalité.

   b. technique : Ensemble des savoir-faire et des connaissances de règles pour construire ou réaliser des actions. / Bonheur : possibilité d'avoir une vie épanouie pour tous.

   c. loi : règle édictée par le gouvernement pour réguler le comportement de citoyens. / Juste : ce qui peut être légitime.

2. a. Ce n'est pas bien de mentir. Mais parfois il protège quelqu'un. Il faut se demander aussi qui a le droit ou pas à la vérité.

b. Une œuvre d'art plaît si elle est belle. Mais pas uniquement. Elle peut être laide et apporter des messages.

c. On ne peut connaître que ce dont on a l'expérience. Mais l'imagination et le raisonnement parfois peuvent aller au-delà de l'expérience.

3. Les publicitaires nous vendent du rêve et nous promettent du bonheur si on achète leurs produits (*accroche*). Mais ce serait paradoxal de vouloir que tout soit heureux. Ce serait les contraindre et donc les rendre malheureux. (*Problème*) Le bonheur est la jouissance d'une vie paisible et le plus souvent libre ! (*Définition*) Nous allons voir comment et pourquoi il y a néanmoins des écoles du bonheur. Puis pourquoi le bonheur ne doit pas faire l'objet d'aucune contrainte. (*Plan*)

4. plan (c) : car cela permet de mettre en avant la contradiction entre le concept de bonheur et celui de contrainte.

3

1. **Texte 1** : Le thème est la loi. **Texte 2** : le thème est la nature humaine.

2. **Le problème** est se demander si la bonté est liée à la nature humaine ou à une construction sociale.

3. b.

4. **La nature humaine** est ce qui est spontané, en dehors de toute éducation. Pour Mill la bonté n'est pas naturelle.

5. Nous pouvons imaginer que les hommes veulent être libres, sans aucune contrainte. Dans ce cas ils peuvent vouloir détruire la loi et choisir l'anarchie. Il y a aussi les hommes qui firent la révolution, c'est-à-dire qui voulurent détruire des lois injustes. Enfin on peut croire qu'un homme préfère défendre son intérêt contre la loi de son pays (par exemple en refusant de payer ses impôts).

4

1. La vérité est la correspondance entre une connaissance et son objet : lorsque ce que je sais correspond à ce qui existe vraiment !

2. ***L'objectivité*** est une connaissance nécessaire et universelle. Elle demande d'être vérifiée et pour cela il faut inventer des *protocoles* (expérimentation) et/ou avoir confiance en les autres.

3. **Les autres peuvent nous mentir** soit pour nous manipuler, soit pour nous protéger. Ils peuvent aussi décider qu'on ne *mérite* pas de connaître la vérité.

4. a ; d ; e.

5

1. Repères : absolu/relatif. Définition d'absolu : ce qui est valable dans toutes les circonstances. Relatif : ce qui est lié à un contexte.

2. **a.** contingent : ce qui peut ne pas exister/ nécessaire : ce qui doit exister. Sujet possible : La loi est-elle nécessaire pour être libre ?

   b. objectif : ce qui est vrai pour tous. Subjectif : ce qui est vrai que pour une personne. Sujet possible : Peut-on juger *objectivement* une culture ?

   c. particulier : ce qui propre à une personne et/ou une circonstance. Universel : ce qui est valable pour tous. Sujet possible : La raison trouve-t-elle des vérités universelles ?

6

1. a. Le thème porte sur les relations avec les autres. b. le problème est de savoir quand et comment il faut se sacrifier pour l'intérêt général de la société. Qui est important et ne doit pas se sacrifier (par exemple à la guerre) ?

2. **Part 1 :** Descartes explique que nous faisons partie d'un tout. Le mot de liaison est : « et ». **Part 2. :** Il explique qu'il faut calculer avant de sacrifier ses intérêts à la société : qu'est-ce qui est le plus important ? mot de liaison : « Mais ». **Part3 :** L'analyse des conséquences de l'égoïsme et l'altruisme.

3. **La thèse** est que la relation que nous avons avec la société doit se baser sur le respect du Tout face aux intérêts particuliers.

4. Nous faisons partie d'un tout.

5. a. Nous avons des intérêts particuliers (c'est moins important car Descartes ne veut pas défendre l'égoïsme.).

   b. Nous faisons partie de plusieurs « tout » : le cosmos, l'État, etc. (C'est moins important car il va vouloir se concentrer sur les relations avec les autres personnes.).

7

1. a. la culture est ce qui distingue les êtres humains des animaux. b) La culture c'est l'ensemble des œuvres de l'humanité qui mérite d'être conservé (cinéma, livres, etc.).

2. La culture faisait référence qu'à l'agriculture. Aujourd'hui le mot fait référence aux œuvres humaines.

3. d.

4. La culture est un ensemble de valeurs qui détermine notre identité : ce que j'ai appris au cours de mon enfance est très important pour comprendre le

monde. Mais il y a d'autres cultures. C'est pour moi ***l'altérité***, c'est-à-dire l'autre, ce qui est différent de moi. Ces différences peuvent me choquer.

5. a. pb n°1, b. n°3, c. n°2, d. n°2

8

1. L'inné c'est ce que nous possédons dès la naissance, alors que l'acquis c'est ce que nous apprenons, entre autres grâce à notre éducation.

2. C'est difficile de savoir ce qui est naturel, car nous n'avons aucune trace de ce qui est originaire chez les hommes et il est difficile de vérifier ce qui est universel.

3. c.

4. **La culture** c'est ce qui détermine notre identité. Claude Lévi-Strauss nous a appris que chaque groupe humain a sa propre culture et ce qui est naturel chez l'homme, c'est le fait de s'imposer des règles. Par exemple la sexualité a des interdits et des tabous. Donc la nature humaine, c'est ce qui est régulé.

9

1. La déclaration des droits de l'Homme s'adresse normalement à tous les êtres humains. Mais aujourd'hui certains peuples les remettent en cause. Par exemple la Chine. Effectivement ils disent que ce n'est qu'un point de vue culturel.

2. c.

3. a. La civilisation est une forme d'identité dont nous avons besoin. /b. Il y a 8 ou 9 grandes civilisations dans le monde. / c. la civilisation occidentale a voulu dominer le monde. / d. les autres cultures réagissent, entre autres par la guerre.

4. Un exemple de guerre entre 2 civilisations : entre l'Inde et le Pakistan. L'un est indou et l'autre musulman. Mais c'est aussi l'histoire d'un pays divisé avec un seul peuple. Donc pas vraiment une guerre de civilisation, même si ce n'est ni climatique ni économique.

10

1. Le problème est : pourquoi faut-il connaître certaines œuvres ? Est-ce que cela permet d'être plus libre ? Ou est-ce que cela à dominer les autres ?

2. a. On est plus heureux. B. On est plus libre car on ne croit pas les charlatans.

3. c.

4. Rousseau développe des arguments intéressants : il montre que la culture développe un amour-propre, c'est-à-dire que cela nous amène à nous sentir supérieur. Il dit aussi que la culture peut étouffer des sentiments naturels tel que l'amour des autres. L'exemple que nous pouvons prendre, ce sont les Grandes Ecoles – comme l'ENA, où ce sont les plus riches qui y vont et qui dominent grâce à ça le reste de la société.

11

1. a. Il a y **César**, le créateur des statuettes du même nom, qui utilisait beaucoup de compressions de voiture. / b. Il y a Léonard de Vinci et le célèbre sourire de la Joconde. / c. il y a Salvador Dali qui utilisait des techniques pour produire des illusions dans ses peintures.
2. **Art** veut dire à la fois la création d'objets esthétiques et le savoir-faire.
3. b.
4. La technique peut faire peur pour deux raisons : d'une part on est dépendant de ceux qui font les objets car on ne sait plus les faire soi-même (pas d'autarcie), et ensuite la technique peut prendre des décisions politiques pour notre avenir (par exemple pour faire baisser la dette française).

12

1. Il y a la série des *Bleu* de Yves Klein. Ce sont des monochromes (1 seule couleur) tout bleu. C'est de l'art, car c'est avant tout des objets esthétiques. Fait pour être vus.
2. Il y a les *Cathédrales de Rouen* de Monet : le peintre a réussi à capter des lumières incroyables. Il y a aussi *la main de Dieu* de Rodin, sublime car le sculpteur fut un de ceux qui réussir à faire passer des émotions en taillant dans le marbre.
3. b.
4. Supprimer l'art contemporain serait absurde. 2 arguments : d'une part cet art ne représente aucun danger pour la société. Aucune raison de s'en méfier. Ensuite il exprime quelque chose de notre époque, même si on n'est pas intéressé.

13

1. Définition : la technophobie est une attitude de méfiance à l'égard des progrès de la technique. Justification : aujourd'hui la technique modifie notre rapport à la nature et peut être dangereuse pour l'avenir de l'humanité.
2. b.
3. La technique, selon Diderot, permet d'accéder au bonheur, car elle trouve des solutions aux problèmes de la vie. Mais c'est aussi une expression de l'intelligence humaine.

4. Les arts libéraux sont les arts intellectuels comme par exemple la philosophie ou les artistes. Les arts mécaniques, c'est la fabrication de machines.

14

1. Soulage fait des œuvres qui travaillent la couleur noire -exclusivement. Mais c'est de l'art car il cherche avant à provoquer une émotion esthétique. Ses œuvres sont exposées dans un musée.
2. a. Qu'est-ce que son œuvre représente ? b. est-ce beau ? c. À quoi cela sert ? d. Est-ce utile à quelque chose ?
3. a.
4. **Vinci** penserait que ce serait ridicule de payer et faire la queue juste pour voir cette toile. Pour lui il s'agissait avant tout d'un portrait de la femme d'un commerçant. Il chercherait *l'utilité* de son œuvre.

15

1. a. Les animaux ne sont pas assez individualistes. b. Il n'y a pas de commerce chez les animaux.
2. b.
3. a., c.
4. La théorie de la Main Invisible suppose que les hommes peuvent être égoïstes et faire le bonheur de la collectivité. Le premier argument est la rationalité : les hommes calculent ce qui est bon pour eux et leurs proches. Le deuxième est la liberté : il ne faut pas obéir à une force supérieure. Le troisième est pragmatique : c'est ce qui a fonctionné le mieux dans l'histoire de l'humanité.

16

1. À Noël on fait des cadeaux. C'est une obligation sociale. Les enfants en sont dispensés. Mais personne d'autre. Et il faut montrer qu'on est généreux. Cela fait penser au Potlatch ;
2. Car on ne voit pas le sens de certains de nos actes : on juge avec partialité ce qu'on fait et on croit toujours qu'on est libre. On ne voit pas les règles sociales auxquelles on obéit.
3. c.
4. La diplomatie aujourd'hui passe par le fait d'inviter un pays étranger et lui montrer tout ce qu'on a de plus beau. C'est un moyen, pacifique, de montrer sa puissance.

17

1. Le langage est un système de communication qui utilise des signes conventionnels (ou pas) pour échanger des messages. La parole est l'utilisation personnelle du langage humain à l'oral. Elle permet d'expliquer sa pensée mais aussi de nouer des relations avec les autres.

2. b.

3. Les abeilles dansent en 8 et indiquent grâce à cela la présence, la distance et la direction de champs de fleurs. Mais leur langage se limite à un seul message et surtout il n'y a pas d'utilisation individuelle de ce langage : il n'y a pas de parole.

4. Descartes pense que les animaux n'ont pas de pensée car s'ils en avaient, ils chercheraient à les communiquer. Ce n'est pas vrai qu'ils ne le veulent pas car c'est un plaisir pour eux de communiquer. Et ils trouveraient facilement un moyen de le faire, même s'ils ne parlent pas (qu'ils n'articulent pas de sons) comme le font les muets chez les humains.

18

1. Un exemple qui la confirme : avec mes amis l'entraide est la bienvenue, lors d'un déménagement par exemple. Réfutation : on peut être ami avec quelqu'un à l'autre bout de la planète et ne rien attendre de lui.

2. Oui on peut être ami avec quelqu'un de plus riche. Car on peut ne pas être jaloux de lui et ne pas être intéressé par l'argent. On peut aussi aider quelqu'un de plus riche, par exemple avec notre bonne humeur.

3. a.

4. La société décrite par Adam Smith est une société basée sur le commerce. Il n'y a pas d'amitié désintéressée. Les gens ne pensent qu'à leur intérêt. Ce n'est peut-être pas la réalité (par exemple dans notre société il y a des bénévoles qui aident les autres sans rien en retour), mais au moins une société commerçante est en paix : un client ne peut pas être un ennemi !

19

1. a. Est-ce que l'homme possède une nature ? b. L'art peut-il se passer de la technique ? c. Choisit-on ses amis de manière désintéressée ?

2. L'ethnocentrisme, c'est considérer que seule sa culture est bonne. Juger les autres cultures sous cet angle uniquement et croire que c'est vrai.

3. b.

4. L'hommes est un être culturel car rien n'est naturel chez lui, aussi bien les comportements que même le choix d'amis. Donc il ne faut pas dire que

c'est *vrai* qu'il y a un instinct maternel, mais que c'est un fait culturel. Ce qui domine c'est la présence de règles qui fixe ce qui autorisé ou pas. La preuve est la diversité des comportements humains.

5. Juger a deux sens : il s'agit de déterminer ce qui est vrai et ce qui a de la valeur. Ici il s'agit du 2e sens. Mais on ne peut pas juger car il n'y a pas de critère universel qui permette de servir de repère. Donc juger n'a pas de sens. Pourtant on ne peut pas être totalement tolérant à l'égard de toutes les pratiques, telle l'excision.

20

1. La vérité, c'est l'accord entre notre connaissance et son objet.
2. C'est notre jugement qui est vrai ou faux. La réalité « est ».
3. c.
4. Lorsqu'on ment, on choisit de cacher la vérité qu'on connaît pour manipuler. Donc pour se mentir à soi-même il faudrait à la fois connaitre et ne pas connaitre la vérité. Ce qui suppose une forme de schizophrénie, ou dédoublement de la personnalité.
5. Ne pas vouloir la vérité implique de la connaitre (pour savoir qu'elle n'est pas souhaitable), et préférer des illusions ou des mensonges. Il faut donc comprendre pourquoi la vérité n'est pas si désirable, alors que sur le plan de la morale cela semble toujours très important.

21

1. Subjectivité veut dire que cela vient d'un individu qui a son opinion. Objectivité veut dire nécessaire et universel. C'est l'objectivité qui convient à la science.
2. Galilée a fait des observations qui contredisaient la théorie du géocentrisme. La théorie de Copernic était celle qui correspondait le mieux à ces observations et qui donnait les explications les plus simples.
3. b.
4. Ils expliquent que le physicien doit deviner les lois invisibles. Ce sont donc des hypothèses qui fonctionnent si elles correspondent aux observations. Exemple : la théorie des « univers possibles » défendue par les astrophysiciens.

22

1. Si c'est Constant, il faut mériter la vérité. Et dire la vérité peut être nuisible pour la société. Si c'est Kant : qui sommes-nous pour savoir qui a le droit à la vérité ou pas ? Et : autoriser un mensonge autorise tous les autres mensonges.
2. b. ou dans le cas proposé par Constant, c.

3. Un tribunal ne peut jamais reprocher de dire la vérité, sauf si c'est pour intentionnellement faire du mal ou tuer. Ce n'est donc pas un argument en faveur de Kant.
4. La vérité est objective et définitive. La véracité, c'est déterminer si quelqu'un a le droit à la vérité.
5. On veut tous protéger des victimes potentielles. Mais aujourd'hui, peut-on être sûr s'il faut ou non cacher de la police les immigrés sans papier. Où est le bien ? Où est le mal ?

23

1. Dessin : http://www.philo5.com/Les%20philosophes%20Textes/PlatonLaCaverneDePlaton.htm
Ou http://www.akadem.org/medias/documents/2allegorieschema.pdf
2. a. Les illusions sont confortables. b. Il y a des hommes (les sophistes) qui veulent qu'on ne le découvre pas.
3. b, c. et d.
4. Nous vivons en démocratie. Tout comme les Grecs à Athènes. Les sophistes seraient les médias qui nous donnent une interprétation de réalité. Nous sommes donc peut-être manipulés par eux. On peut aussi reprocher aux citoyens de ne pas penser par eux-mêmes et de ne pas rechercher la vérité. Mais à l'inverse, le lycée s'est démocratisé : aujourd'hui tout le monde a accès à l'enseignement et peut avoir les outils pour devenir libre.

24

1. La raison est la capacité d'avoir un raisonnement permettant d'anticiper le futur (rationalité) et de réguler son comportement (être raisonnable). La rationalité travaille sur l'enchaînement des causes et des effets.
2. La croyance s'oppose à la raison car elle n'a pas besoin de démonstration. La raison, avec la science, cherche à dominer la croyance, voire la faire disparaître. Mais la croyance apporte sa propre forme de vérité. Raison de cœur disait Blaise Pascal.
3. d.
4. La croyance, c'est avoir confiance en ce qu'on sait, même si ce n'est pas démontré : Abraham avait confiance en sa foi et n'avait pas besoin de preuve. Donc la croyance n'est pas rationnelle mais reste forte malgré tout.
5. Le problème vient du mot « connaître » : tout dépend de la définition que vous lui donnez. Si connaître consiste à analyser les causes et conséquences pour prédire l'avenir, la raison domine. Mais si connaître est avoir une intuition plus directe de la réalité, il faut considérer que la raison peut échouer.

25

1. Un exemple d'esprit de finesse : ne pas avoir besoin de démonstration pour comprendre les opérations mathématiques de base, comme 1 + 1 = 2 !
2. Cette phrase veut dire que les mathématiques peuvent décrire l'univers entier en termes de quantité : des vitesses, des masses, des positions. Mais ce qui fait sa force fait aussi sa faiblesse.
3. b.
4. Un ordinateur est une machine à calculer et traiter les informations. Donc si tous les phénomènes sont liés entre eux et que connaître les causes suffit à prédire les conséquences, alors oui un ordinateur peut tout connaître. Mais s'il y a des éléments irrationnels ou qui n'ont pas de lien entre eux, l'ordinateur ne pourra pas les prédire. Ce sera lié au hasard.

26

1. La superstition est le fait de croire qu'en suivant des rites et en repérant des signes précis, on est protégé et on accède à un ordre caché de la réalité.
2. b.
3. Car la superstition est liée à la nature humaine : les gens auront toujours besoin d'être rassurés. Et la superstition est liée à la croyance en les dieux.
4. La science est rationnelle, alors que la superstition est irrationnelle. La superstition fait appel à des sentiments d'espoir et de crainte. La science ne fait pas appel à des sentiments, juste à des raisonnements.
5. Ce qui fait problème c'est que la superstition, lorsqu'on la décrit, a un aspect ridicule. Pour autant elle existe et aide certaines personnes. Est-ce une faiblesse ou une autre forme de force ?

27

1. Cela veut dire que la réalité est rationnelle au même titre que le raisonnement humain. Donc que la raison n'est pas juste une faculté de l'esprit, mais une partie de la réalité.
2. a. L'URSS disparue, il n'y a plus d'alternative aux démocraties libérales.

   b. La démocratie libérale (les USA entre autres) correspond à la nature humaine.
3. a.
4. Oui l'histoire a du sens, car les progrès dont réels dans beaucoup de domaines (politique, scientifique, etc.). Mais dans le même temps on peut tout à fait imaginer que dans le futur l'humanité régresse et oublie toutes ces avancées. Les hommes sont aussi capables de s'auto-détruire.

28

1. A. l'expérience est l'accumulation de connaissances. B. L'expérience est un protocole de vérification des hypothèses scientifiques.
2. Car on ne peut pas vivre la mort des autres. On peut juste la « voir ». Ce que ressent le mourant nous est inaccessible.
3. d.
4. L'expérience peut être source de sagesse si l'accumulation de connaissances peut suffire pour décider de ce qui est juste, bien ou adapté à une situation. Car la définition de la sagesse, c'est être capable de choisir face à un problème spécifique. Dans ce cas la sagesse comme accumulation de connaissance est une forme de *pragmatisme* : cela veut dire qu'il faut s'adapter sans avoir d'idéologie ni de théorie.

29

1. La théorie empiriste est confirmée par l'expérience : effectivement on ne peut pas connaître ce dont on a aucune expérience. Mais la théorie des idées innées explique pourquoi les animaux, même s'ils ont des expériences semblables aux nôtres, n'élaborent pas de théories.
2. Résultat : s'il touche un objet avec une forme originale (par exemple une petite statue) il aura du mal à retrouver ce qu'il représente. Par contre en le voyant, il fera sans doute le lien avec ce qu'il voyait.
3. b.
4. Les enfants n'ont pas d'idées à la naissance, dans le sens où ils n'ont pas de connaissance. Mais ils ont la faculté de construire des raisonnements et surtout d'apprendre le langage (ce que ne font pas les animaux). Donc leur esprit n'est pas vide. Il est constitué d'éléments intellectuels qui lui permettent de *comprendre* ses expériences.

30

1. Le scientifique fait face à un problème. Pour le résoudre il pose des hypothèses (il a des idées), et teste ces hypothèses grâce à des expérimentations. Une fois validées, ces hypothèses deviennent des théories, qui peuvent être généralisées en loi.
2. c.
3. Pour Freud, la psychanalyse est un gain de sens, c'est-à-dire qu'elle explique une partie de la réalité des comportements humains. Et c'est une thérapie qui fonctionne. Cela suffit pour lui.

4. Semmelweis a eu une idée, en voyant son collègue mourir. Ce n'est donc pas en observant les malades qu'il a trouvé la solution, mais en testant toutes ses idées par des expérimentations.

5. Le problème se trouve dans la définition de l'expérience : si par expérience on entend l'observation stricte de la nature, oui la science peut s'en passer, car l'observation est source d'illusions. Mais si expérience veut dire expérimentation, dans ce cas la science en a besoin !

31

1. Car ce tableau veut représenter quelque chose d'intime, une angoisse. Or nous ne voyons qu'un dessin et nous ne pouvons qu'imaginer ce que ressent le personnage.

2. a. Nous nous habillons en fonction des autres.

   b. Le regard de l'autre donne du sens à mon comportement. Sans lui je serai donc fou.

3. a. ; d.

4. Nous vivons avec les autres et nous pouvons partager avec eux des sentiments, voire connaître des sentiments réciproques (d'amour ou de haine). Mais c'est vrai que le langage est impersonnel : le même mot pour tout le monde ; et je reste seul dans mon esprit. Donc je reste étranger à ce que pensent et ressentent réellement les autres.

32

1. a. Peut-on facilement dépasser ses erreurs ?

   b. La raison peut-elle tout expliquer ?

   c. L'expérience intime peut-elle se communiquer aux autres ?

2. Car la raison prétend tout expliquer et considère que la croyance est une faiblesse de l'esprit, une soumission à des sentiments de crainte et d'espoir.

3. a ; b.

4. Les animaux ne développent pas de rationalité car ils n'ont pas cette faculté de manière innée. Ils peuvent accumuler de l'expérience et certains mammifères peuvent apprendre des gestes assez simples. Mais ils ne peuvent apprendre le langage humain et anticiper les conséquences d'un acte dans le futur. Ils ne peuvent rien déduire.

5. La raison est donc une faculté qui rend supérieur les êtres humains et la science est une véritable réussite. Mais le XXe siècle et plus encore le XXIe siècle ont vu l'apparition d'une certaine méfiance à l'égard de la science qui voudrait tout expliquer. Ils veulent maintenir des domaines, par exemple les sentiments, qui ne sont pas explicables par la science, mais plutôt par la poésie... Donc la science ne *devrait* pas pouvoir tout expliquer.

33

1. La liberté c'est être autonome, responsable de ses actes et capable d'inventer quelque chose de nouveau.
2. Car être libre implique qu'on soit conscient de ses actes. Un enfant n'est pas totalement conscient, donc n'est pas libre. Et il ne sera pas responsable de ses actes.
3. a.
4. La loi, c'est ce qui garantit que notre liberté sera respectée : il y a des lois car on vit ensemble. Mais tant que nous obéirons à une autorité et non pas à une personne, nous serons libres car protégés par la loi : un policier n'a pas le droit d'abuser de sa force car il est limité par sa fonction qui implique des devoirs.
5. Les animaux sont déterminés par leur nature, c'est-à-dire qu'ils obéissent à un instinct et sont prévisibles. Ils ne peuvent pas évoluer ni créer. Néanmoins, si on considère que la liberté, c'est choisir (travaillez toujours le sens des concepts), les animaux sont capables d'hésiter entre plusieurs options. La liberté se redéfinirait ainsi : faire des choix dans les limites de notre nature. D'ailleurs, est-ce que la liberté humaine est différente ?

34

1. Le conatus est une force qui nous pousse à être ce pour quoi nous sommes faits. L'exemple le plus clair est celui du musicien : il est libre et heureux. Personne ne peut douter que certains sont faits pour faire de la musique.
2. Il commence à être libre lorsqu'il doute de ce qui l'entoure : ses voisins qui lui disent bonjour de manière un peu trop polie, ou les personnes qui passent chaque jour à la même heure. Le doute est libre lorsqu'il naît à partir d'événements ordinaires.
3. b et c.
4. Les êtres humains sont libres dans le sens où ils peuvent choisir entre deux options. Leur futur sera le résultat de ces choix. Cela veut dire que les hommes sont capables d'inventer quelque chose qui n'est pas prévisible. Mais cela n'empêche pas que les êtres humains ont une nature et qu'ils ne peuvent pas la nier. Donc ils sont aussi déterminés.

35

1. Le lâche est quelqu'un qui se cherche des excuses pour ne pas être libre. Le salaud c'est celui qui croit avoir un destin et qui ne veut pas être libre.
2. c.

3. La psychanalyse met des mots sur notre névrose. Le fait d'en parler permet de mieux la supporter et le contrôler. De plus la psychanalyse offre la possibilité de sortir de la maladie (la névrose n'est pas une maladie).
4. Elle était libre d'avouer ou pas son amour. Par respect pour sa sœur elle a préféré se taire et a développé une maladie psychosomatique. Cela montre que même malade on reste libre et que les pulsions ne sont pas une excuse pour ne pas être libre.
5. Les circonstances, c'est ce qu'on ne maîtrise pas. Elles surgissent et s'imposent à nous, parfois du fait du hasard. Mais cela a-t-il un lien avec notre liberté ? Non. Car être libre, c'est choisir. Il faut juste déterminer ce qui dépend de nous et ce qui ne dépend pas de nous !

36

1. Le destin est l'idée que tout est prévu, écrit à l'avance. Le déterminisme est le fait qu'il y a des causes qui influencent et interviennent dans la constitution des événements. On ne les choisit pas mais leur organisation peut être liée au hasard et aurait pu être différente.
2. a. Il y a des mondes possibles, tels des scénarios et on peut choisir.

   b. En fonction de notre personnage -déterminé à l'avance- nous pouvons choisir les options liées à la situation et ainsi exprimer notre singularité.
3. b.
4. La question du destin suppose que tout est nécessaire, c'est-à-dire que ce qui nous arrive n'aurait pas pu ne pas arriver : tout est écrit à l'avance et je ne peux décider de rien. La liberté à l'inverse est la capacité à comprendre que mon futur est contingent, ce qui veut dire que tout ce que je fais pourrait être totalement différent. Les deux ne sont donc pas compatibles.

37

1. La justice est d'abord une idée morale liée au bien, c'est aussi une institution des hommes pour appliquer les lois et punir ceux qui ne la respectent pas.
2. Le légal c'est ce qui respecte la loi, le légitime suit une certaine idée du bien et de la morale.
3. a.
4. La justice doit respecter les droits des individus car elle est là pour permettre aux hommes de vivre l'existence la meilleure possible. Il ne faut pas qu'elle se transforme en une forme de répression, sauf si elle a pour but d'installer une dictature. Donc respecter les droits des hommes est lié au fait que nous voulons vivre dans une démocratie.

5. Si nous reprenons les éléments donnés ci-dessus, nous voyons que la loi ne peut pas être injuste, car c'est justement elle qui définit ce qui est juste ou pas (ce qui est légal ou pas). Néanmoins il faut réfléchir sur le sens de la loi : à quoi sert-elle ? Si c'est uniquement pour enrichir un dictateur, elle peut être injuste car elle ne respecte pas l'équité. Nous devons donc poser la question de la nature de la loi, avant de décider si elle est juste ou pas.

38

1. Selon Hobbes, l'état de nature est une guerre de chacun contre chacun, la loi du plus fort. C'est pour en sortir qu'on a inventé l'État. Rousseau pense au contraire que l'état de nature était un paradis, car les hommes ne vivaient pas ensemble. La naissance de la société tient donc plutôt de l'accident malheureux.
2. S'il n'y avait pas la « peur du gendarme » la route deviendrait dangereuse car chacun chercherait à faire ce qui lui plait. Et comme nous ne sommes pas rationnels, la fierté aidant, nous serions tous très imprudents.
3. c.
4. Le service militaire est le fait de donner une ou plusieurs années de sa vie à la nation pour la défendre. Cela met les citoyens sur un pied d'égalité. Nous pourrions peut-être souhaiter également une société de corvée où chacun devrait participer aux tâches les plus dégradantes : ramasser les ordures ou nettoyer les bâtiments publics. Mais cette volonté d'égalitarisme implique qu'on vérifie si chacun fait bien sa part de travail, donc des réunions sans fin et beaucoup de temps perdu. Le système des impôts permet davantage de fluidité et d'efficacité : par exemple une armée professionnelle est plus à même de défendre son pays que des volontaires amateurs.

39

1. La loi est un ensemble de règles pour réguler le comportement des hommes, afin qu'ils vivent en paix. La loi est aussi l'expression de la nature d'un peuple et de son gouvernement : la religion, l'histoire, la géographie et le régime politique jouent un rôle.
2. c.
3. Car la loi est rationnelle et exprime la diversité des peuples : elle ne peut pas être universelle car elle n'est pas arbitraire. Au contraire elle exprime les spécificités de chaque peuple.
4. La surveillance vidéo est un bon exemple : il faut qu'il y ait des lois pour limiter la surveillance et respecter la vie privée. Mais il y a aussi le Big Data, c'est-à-dire la collecte des données sur Internet par les GAFA (Google, Amazon, Facebook et Apple). En France tout cela est régulé par la CLIL.

5. Le débat se porte sur ce qu'on attend des lois : la défense de notre sécurité ou de nos libertés ? Nous ne pouvons pas répondre à une telle question si nous ne réfléchissons pas à ce que serait l'existence sans loi.

40

1. La punition est une réponse de la société pour sanctionner et pour casser le cycle de violence. La vengeance est au contraire une satisfaction immédiate, qui entraine de plus en plus de violence.
2. a. La violence est instable : personne n'est assez fort pour rester le plus fort.

   b. Cela entraîne une obéissance de façade : dès qu'on peut désobéir, on le fait.
3. a. et c.
4. Le procès permet eux victimes d'être reconnues en tant que victime : le procès est un lieu de débat qui rétablit les faits et les responsabilités de chacun. Parfois certains coupables n'ont même pas l'impression de l'être car ils croient qu'ils avaient le droit de faire ce qu'ils ont commis. Le procès permet donc aux victimes de se sentir davantage en paix.

41

1. Le plaisir est au cœur du bonheur. Mais il faut distinguer le contentement, la félicité (contentement sur le long terme) et l'accomplissement de soi.
2. L'accomplissement de soi, c'est la réalisation d'un projet de vie. Cela peut supposer qu'on sacrifiât un plaisir éphémère (par exemple partir en vacances) pour réaliser un projet (avoir un diplôme pour faire le métier de ses rêves.
3. c.
4. Choisir de ne pas être heureux est contradictoire. Tout le monde veut être heureux. Donc si une telle situation arrive, c'est soit parce que quelqu'un ne prend pas conscience qu'il fuit le bonheur -par exemple en s'enfermant dans une nostalgie perpétuelle) ou bien parce que nous avons un but qu'on place au-dessus de notre bonheur et qu'on est prêt à se sacrifier : par exemple le soldat qui veut se sacrifier pour sa nation.
5. On ne peut pas répondre à cette question directement car le concept de bonheur est plus complexe que la simple satisfaction de ses désirs. Mais il faut aussi réfléchir sur les conséquences si on décide à tout prix de gagner de l'argent : comment ? Par quels moyens ? Est-ce que cela ne va pas avoir un impact sur notre bonheur ?

42

1. L'épicurisme propose de profiter de tous les plaisirs qui s'offrent à nous, mais sans rien désirer. Le stoïcisme veut qu'on supporte ce qui ne dépend pas de nous, y compris s'il n'y a pas de plaisir.
2. Epicure disait que les plaisirs n'étaient pas mauvais en soi. Mais : a. on peut s'habituer aux plaisirs et souffrir à cause du manque de ces plaisirs. Donc il faut ne pas désirer ce qu'on n'a pas. b. Il faut savoir profiter du moment présent et ne pas avoir peur du futur. Le désir étant une projection sur l'avenir, ne désirez pas et profitez.
3. a.
4. L'épicurisme propose de ne pas désirer et cela pose le problème de la frustration : dans notre société nous sommes sans cesse tentés. Donc pour être heureux il faudrait s'isoler, par exemple dans un monastère et se contenter de ce qu'on a. Le stoïcisme nécessite de supporter ce qui ne dépend pas de nous. Il correspond mieux à notre société.

43

1. Si je peux regarder la téléréalité, cela va me vider l'esprit et c'est un divertissement très attrayant. Shakespeare est un plaisir plus exigeant, parfois hors de portée de certaines personnes. Mais si je peux comparer les deux et si je dois en emporter qu'un seul sur une île pour éduquer mes enfants, je choisirai Shakespeare.
2. Je tourne à droite car cela me permet de sauver 5 personnes. Mais c'est parce que je ne connais personne. Ma réponse serait différente si ce ne sont pas des ouvriers anonymes, mais des êtres qui me sont proches.
3. a., c., d.
4. Ce sera la question la plus difficile dans la progression de l'autonomie des voitures. On peut dire qu'il n'y a pas de bonne réponse. Il va falloir distinguer le bien du bon : ce qui est bien défini par la loi. Le bon, ce sera ce qui est bon pour le propriétaire de la voiture. Dans les deux cas, quelqu'un sera sacrifié, et donc ce sera catastrophique. La vraie question sera donc celle de la responsabilité : est-ce ce sera le conducteur qui aura choisi de ne pas choisir, est-ce que ce sera le constructeur ? Cela promet un vrai débat pour les assureurs !

44

1. Antigone est la fille d'Œdipe. Lorsque ce dernier part en exil ses fils provoquent une guerre civile. Antigone est désespérée, car à la fin de la guerre, un de ses deux frères est condamné à ne pas avoir de sépulture. Elle décide de braver

l'interdiction du roi et l'enterre. Elle se finit elle-même condamnée à mort mais reste digne au moment de la sentence. Elle est depuis lors le symbole de la résistance face à la loi aveugle.

2. a. Pour Kant le bonheur est un fantasme de l'imagination.

b. Ceux qui veulent être heureux se voient obligés de sacrifier beaucoup pour leur bonheur : pour rester en bonne santé, il faut n'abuser de rien ; pour être riche il faut sacrifier d'autres plaisirs.

3. a. ; b.

4. Il y a des sociétés qui ne proposent pas le bonheur à leurs citoyens : par exemple les sociétés totalitaires (l'Allemagne nazie, l'URSS, la Corée du Nord, etc.) expliquent que l'État est plus important que la vie individuelle. Les citoyens peuvent ainsi accepter de se sacrifier. On peut vouloir y vivre, s'il nous propose un idéal plus grand que notre bonheur égoïste.

45

1. a. Il y a le problème de la réalité de la liberté.

b. La question de la liberté face à la loi.

c. La liberté d'être heureux ou pas, malgré les circonstances.

2. La loi existe pour protéger les individus des autres. C'est important pour notre liberté car on n'a pas à s'appuyer uniquement sur nos forces, mais sur la force de la communauté tout entière. La loi nous protège des oppressions arbitraires.

3. a. ; c. ; d.

4. Le bonheur est déjà très difficile à définir. Le lien avec la liberté est encore plus difficile : la liberté peut exiger qu'on sacrifie notre bonheur, comme Antigone l'a décidé. Et on peut imaginer que quelqu'un préfère perdre sa liberté pour être heureux (car protégé). Pour répondre à cette question, il faut donc comprendre le lien entre les deux : lien de cause à effet, ou juste une compatibilité : on peut être heureux et libre en même temps, sans que l'un soit la cause de l'autre.

46

1. La deuxième, car cela part d'un cas particulier pour introduire le problème.

2. Le bonheur se définit en opposition du malheur, bien entendu. Mais le bonheur se définit contre un désir toujours inassouvi et une imagination débridée. Le bonheur s'oppose aussi à une confusion entre ce qui dépend de nous et ce qui ne dépend pas de nous.

3. b. ; d. ; e.
4. Le a. affirme sans poser de question. Le c. a le même défaut. Donc le meilleur est b., car il introduit une question à laquelle on ne peut pas répondre facilement.

47

1. Ce plan peut fonctionner, car il pose le problème sous deux angles différents : celui de l'apprentissage et celui du bonheur du farniente. Mais attention de ne pas tomber dans le simple oui/non.
2. Dans ce cas il faudrait plutôt se contenter de ce qu'on possède déjà, c'est-à-dire lutter contre des désirs excessifs.
3. c.
4. **Question centrale** : la question de la recherche du bonheur, est-ce uniquement trouver des plaisirs, ou est-ce apprendre à contrôler ses désirs.

   1re partie : Rechercher les plaisirs de manière incessante est une illusion pour être heureux.

   2e partie : Tous les plaisirs se valent-ils ? Problèmes qui se posent.

   3e partie : Epicure qui explique que le bonheur ne doit pas être recherché. Mais on peut se prémunir du malheur.
5. Transition : la recherche du plaisir est une course sans fin, car les plaisirs sont toujours éphémères. Cela peut nous amener à réfléchir sur pourquoi nous sommes nostalgiques ou impatients de connaître le futur.

48

1. Casanova expliquait qu' « un peuple sans superstition serait philosophe, et les philosophes ne veulent jamais obéir ». Il suppose que la superstition est donc développée par l'État pour pousser les hommes à obéir. Si on est rationnel, on n'est pas superstitieux ; mais dans ce cas on serait dangereux pour l'État car on ne voudrait pas obéir.
2. Hegel écrivait « Tout ce qui est réel est rationnel ». Il voulait dire par là que la science découvre des lois rationnelles qui expliquent le réel, comme si le réel était conçu avec la même rationalité.
3. a. ; d. ; e.
4. a. : m / b. : m / c. : b / d. : m / e. : b / f. : b
5. Platon expliquait que nous sommes au fond d'une caverne tant que nous n'abandons pas nos illusions. La rationalité est ce qui nous permet de sortir de la caverne. Il est rejoint par Descartes qui disait : « Le bon sens est la

chose du monde la mieux partagée », c'est-à-dire que les hommes sont tous capables de sortir de la caverne. Ils ne le font pas car ils ne le veulent pas.

49

1. Points forts : donne clairement la thèse et le plan. Points faibles : il n'y a pas de liens entre les 2 parties et l'ouverture, elle aussi, n'a rien à voir.

   Plan : I) Le contrôle rationnel des sentiments. II) Pourquoi est-on superstitieux ?

2. Nous avons vu que le bonheur est une obsession des êtres humains. Tout le monde veut être heureux. C'est la raison pour laquelle il y a autant de philosophies eudémonistes. Mais comment rechercher ce qu'on ne peut même pas définir ? C'est pourquoi nous suivrons Kant lorsqu'il dit qu'il ne faut pas rechercher à être heureux. Il vaut mieux être « digne du bonheur » en se consacrant à la morale.

50

1. Le thème : Schopenhauer parle de la liberté et la différence entre hommes et animaux. Le problème : Quelle est la nature de notre liberté ? Est-elle absolue ou relative aux circonstances ?

2. Part 1 : de « L'homme » à « soumise » : L'auteur distingue la liberté humaine de la condition animale

   Part 2 : de « L'homme » à « les animaux » : Explication de la nature de la liberté.

   Part 3 : de « Mais cette liberté » à la fin : Pourquoi la liberté humaine est relative face aux circonstances.

3. a. : L 2 / c : L 5et L 9 / e : L 6 et 7

51

1. Phrase n° 1 :
   Il n'est pas réduit au seul fruit de ses efforts personnels

   Explications : La réduction est une pratique scientifique qui consiste à tout expliquer grâce aux mêmes méthodes. Ici la réduction est une diminution des capacités humaines. L'effort est une volonté de se diriger vers une direction précise en utilisant toutes ses forces.

   Thèse : Durkheim veut signifier que l'homme seul, qui ne se fait pas aider, est réduit à une forme de faiblesse. Cette phrase a donc une connotation péjorative.

   Phrase n°2 :
   « La sagesse humaine s'accumule sans terme. »

Explications : la sagesse est la capacité que les hommes ont à choisir face à une situation inattendue. L'accumulation est le fait d'associer des connaissances (dans cette phrase) et que cela peut déboucher sur un progrès. Sans terme veut dire sans limite, de manière infinie. Donc que la sagesse peut toujours augmenter et améliorer la vie de l'homme.

Thèse : Cette phrase est optimiste : Durkheim pense que l'homme peut toujours apprendre et progresser. Cela suppose bien sûr des conditions (la vie en société, pas solitaire) mais cela veut dire que les hommes ne doivent jamais cesser de chercher de nouvelles connaissances.

52

1. **Être libre, est-ce faire n'importe quoi ?**

   Lorsque nous cherchons la définition de la liberté, certains disent qu'elle n'existe pas car on ne peut pas faire ce qu'on veut. Mais n'est-ce pas confondre liberté absolue et liberté relative ? Schopenhauer a expliqué dans son texte que nous avions une véritable liberté, qu'il définit comme libre arbitre, c'est-à-dire la capacité à prendre une décision. Mais il dit que cette liberté est relative, car elle dépend des circonstances extérieures. Néanmoins elle est réelle car rien ne doit nous cacher notre motivation. Face à cela nous pouvons apporter quelques restrictions : Spinoza expliquait qu'on se croit libre si on ignore les causes qui nous déterminent. Nous ne sommes pas différents en cela des animaux, ni même des autres objets de la nature, sauf que nous avons une conscience et nous nous croyons libres. Donc pour lui être libre, ce n'est pas faire n'importe quoi, mais faire ce pour quoi nous sommes faits : le musicien est fait pour faire de la musique, le sportif du sport. La question devient ainsi : jusqu'où peut-on être libre en allant contre notre nature ?

53

« *Les différences culturelles sont-elles à l'origine de la guerre ?* »

1. **Analyse de la question** : La culture est une forme d'identification des hommes, constituée de rites sociaux, d'un langage, d'une religion, etc. Si la culture distingue les hommes des animaux, elle sépare également les hommes entre eux : nous les voyons souvent se faire la guerre. Mais est-ce vraiment la culture qui en est à l'origine ?
2. **Le problème** : Il se trouve dans l'analyse de la culture. Qu'est-ce qui fait que les hommes ont besoin de se faire la guerre ? est-ce lié à leur dimension culturelle ? Dans ce cas, qu'est-ce qu'il faudrait changer dans la culture ? Peut-on vouloir une culture unique pour tous les hommes ?
3. **Plan possible** :

I) **Les guerres de civilisations.**
   a. La théorie de S. Huntington

b. Le besoin de s'identifier contre les autres à travers sa culture

c. L'histoire de la domination de la culture américaine et la réaction des autres cultures.

II) La culture est le progrès de l'humanité.

a. Mais la culture, c'est aussi le progrès de l'esprit humain.

b. On est sorti du Moyen Âge grâce à la culture.

c. Est-ce que la culture peut nous faire comprendre que la paix est meilleure que la guerre ?

4. **Introduction** : Lorsqu'on lit les journaux, on voit de nombreuses guerres sur terre, et souvent entre des cultures qui s'opposent. On peut se demander si ce n'est pas les différences culturelles qui justement poussent les hommes à la guerre. Nous verrons cela avec une théorie, celle d'Huntington, puis nous tâcherons de comprendre pourquoi et comment la culture peut sembler être un progrès de l'esprit et donc un pas vers la paix.

5. **Conclusion** : Nous pouvons comprendre qu'Huntington décrit une réalité en expliquant que la culture est un lien identitaire très fort et qu'on peut vouloir se battre avec ceux qui n'ont pas la même culture. Mais la culture, c'est aussi vouloir découvrir la culture des autres. Et du coup être tolérant. Il n'y a donc pas de lien obligatoire entre culture et guerre. L'adage populaire, « les voyages forment la jeunesse » semble le confirmer : laissez les jeunes découvrir les cultures des autres et vous verrez la guerre disparaître.

54

1. Le thème du texte est la liberté humaine et sa réalisation. Hannah Arendt se demande comment on peut être libre.

2. Les deux libertés sont la liberté solitaire, ou liberté intérieure, et la 2e la liberté avec les autres, qui sera la liberté politique.

3. Part 1 : du début jusqu'à « avec nous-mêmes » : dans cette partie Hannah Arendt fait une distinction entre les deux formes de liberté, accordant plus de réalité à la réalité avec les autres. Ce n'est pas une opposition mais une hiérarchisation. Part 2 : de « avant de devenir » à « libération ». Arendt décrit et analyse le contenu de la liberté avec les autres. Cette partie est une définition. Part 3 : de « Être libre exigeait » à la fin : Arendt fait une déduction : les conditions de la libération sont la politique (la démocratie). Cela est donc une démonstration.

4. Il faut d'abord définir ce que veut dire « la nécessité d'échanger ». Cela peut concerner le commerce mais aussi les échanges politiques. La politique, c'est rechercher des conditions de vie meilleure. L'idée d'Arendt, c'est que c'est à la politique, c'est-à-dire aux débats politiques, de permettre à l'homme d'être plus libres. Elle pense sans doute à la démocratie athénienne qui a libéré ses citoyens.

5. Déjà nous pouvons remarquer que la démocratie athénienne ne rendait pas tous les hommes libres : il y avait des esclaves qui travaillaient pour permettre aux citoyens de discuter politique sur la place publique. De plus, on peut voir avec Rousseau que la vie en société peut être un malheur, voire une perte de liberté (*Cf.* Fiches n°10 et 38) car on fait attention à notre réputation et on oublie d'être qui on veut.

TABLE DES MATIÈRES

INTRODUCTION 5

1 Qu'est-ce que la philosophie et pourquoi en faire en série technologie ?.... 7

2 La dissertation de philosophie 11

3 L'explication de texte 15

4 La composition de philosophie
(uniquement pour les séries STHR Hôtellerie) 19

5 Pourquoi les repères conceptuels peuvent vous être utiles pour rédiger ? .. 23

6 Comment lire un texte de philosophie ? 27

PARTIE 1
LES NOTIONS 31

7 Les différents sens du mot culture 33

8 1er débat sur la culture : Peut-on fixer une limite entre le naturel
et le culturel ? 37

9 2e débat sur la culture : Les futures guerres seront-elles
toutes culturelles ? 41

10 3e débat : à quoi cela sert de se cultiver ? 45

11 Définitions de l'art et la technique 49

12 1er débat sur l'art et la technique : L'art contemporain est-il encore
de l'art ? 53

13 2e débat sur l'art et la culture : Faut-il avoir peur de la technique ? 57

14 3e débat sur l'art et la technique : Tout peut-il être de l'art ? 61

15 Définition du concept d'échange 65

16 1er débat sur les échanges : Est-ce que faire un cadeau est toujours
désintéressé ? 69

17 2e débat sur les échanges : Le langage des animaux est-il un échange
aussi riche que chez les humains ? 73

18 3e débat sur les échanges : l'amour et l'amitié sont-ils libres
ou déterminés
par les règles sociales ? 77

19 Fiche recapitulative : la culture 81

20 La vérité 85

21 1er débat sur la vérité : Comment peut-on démontrer une nouvelle vérité, par exemple en science ? 89
22 2e débat sur la vérité : A-t-on le droit de mentir par humanité ? 93
23 3e débat sur la vérité : Peut-on préférer les illusions à la vérité ? 97
24 La raison et la croyance 101
25 1er débat sur raison et croyance : La science peut-elle tout expliquer rationnellement ? 105
26 2e débat sur raison et croyance : Pourquoi sommes-nous superstitieux ? .. 109
27 3e débat sur Raison et Croyance : Peut-on croire que tout est rationnel dans la réalité ? 113
28 Les différents sens du mot « expérience » 117
29 1er débat sur L'expérience : Toutes nos connaissances viennent-elles de l'expérience ? 121
30 2e débat sur l'expérience : La science pourrait-elle se passer de l'expérimentation ? 125
31 3e débat sur l'expérience : Peut-on réellement partager toutes nos expériences ? 129
32 Fiche récapitulative : la vérité 133
33 Définition du concept de liberté 137
34 1er débat sur la liberté : Sommes-nous sûrs d'être libres ? 141
35 2e débat sur la liberté : Être libre, est-ce que cela veut dire être irresponsable ? 145
36 3e débat sur la liberté : l'idée de destin est-il compatible avec celle de liberté ? 149
37 Les concepts de Justice & Loi 153
38 1er débat sur Justice & Loi : Pourquoi l'État doit respecter les droits de ses citoyens ? 157
39 2e débat sur Justice & loi : Qu'est-ce qui rend légitime une loi ? 161
40 3e débat sur Justice & Loi : Pourquoi faire un procès au lieu de se venger ? 165
41 Le concept de Bonheur 169
42 1er débat sur le bonheur : existe-t-il une recette pour être heureux ? 173
43 2e débat sur le bonheur : Tous les plaisirs se valent-ils ? 177
44 3e débat sur le bonheur : Le bonheur est-il la seule finalité de l'existence ? 181
45 Fiche récapitulative : la liberté 185

PARTIE 2

EXERCICES ET SUJETS CORRIGÉS 189

46 L'introduction – à partir du sujet Pour trouver le bonheur, faut-il le rechercher ? (Sujet juin 2017) 191

47 Trouver le bon plan 195

48 L'utilisation des connaissances et des citations – à partir du sujet Y a-t-il un mauvais usage de la raison ? (Sujet juin 2017) 199

49 Faire une bonne conclusion 203

50 Repérer l'idée principale et les étapes de l'argumentation dans l'explication de texte (Q1) 207

51 Expliquer des parties du texte (Question 2) 211

52 Construire une discussion à partir de la question 3 de l'explication de texte 213

53 Construire pas à pas son plan à partir du sujet : Tout peut-il être décrit rationnellement 217

54 Construire « pas à pas » son explication de texte. Exercice 221

CORRIGÉS 227

Imprimé en Italie par «La Tipografica Varese Srl» Varese